I0655677

J.SCHMITT 1970

# LES
# IDÉALES

POÉSIES

PAR

## OLINDE - PETEL

# PARIS

MICHEL LÉVY FRÈRES, LIBRAIRES - ÉDITEURS

RUE VIVIENNE, 2 BIS

1858

# LES

# IDÉALES.

*3868*

Ye

29879

PARIS. — IMPRIMERIE DE DUBUISSON ET Cᵉ, RUE COQ-HÉRON, 5.

# LES

# IDÉALES

POÉSIES

PAR

OLINDE-PETEL.

BIBLIOTHÈQUE IMPÉRIALE IMPR.

PARIS.

MICHEL LÉVY FRÈRES, LIBRAIRES-ÉDITEURS,

RUE VIVIENNE, 2 BIS.

—

1858.

A MA MÈRE.

1

# TRADUCTIONS.

# LES BUCOLIQUES

## DE VIRGILE.

# LES BUCOLIQUES

## DE VIRGILE.

### ÉGLOGUE I.

#### MÉLIBÉE, TITYRE.

##### MÉLIBÉE.

Toi, Tityre, couché sous l'ombrage d'un hêtre,
Sur tes légers pipeaux tu dis un air champêtre :
Nous quittons la patrie et tous nos chers vallons ;
Nous fuyons la patrie : et toi, dans tes chansons,
Tityre, à l'ombre, heureux, tu fais redire encore
La belle Amaryllis à la forêt sonore.

### TITYRE.

O Mélibée, un dieu nous a fait cette paix :
Car c'est un dieu pour moi vénérable à jamais ;
Souvent le tendre agneau choisi dans mon étable
Teindra pour lui l'autel de son sang délectable.
Il laisse errer, tu vois, en ces lieux mes troupeaux ;
Et je joue à mon gré des rustiques pipeaux.

### MÉLIBÉE.

Je ne suis point jaloux, seulement je m'étonne :
Un si grand trouble aux champs partout nous environne !
J'emmène, à demi mort, mes chèvres loin d'ici ;
Et même j'ai grand'peine à traîner celle-ci.
Sous ces noirs coudriers elle vient d'être mère ;
Eh bien, elle a laissé sur une froide pierre
Ses deux petits, hélas ! l'espoir de mes troupeaux.
Sans mon aveuglement, j'aurais prévu ces maux :
Car souvent à ma gauche un cri de la corneille,
Du tronc creux d'une yeuse, avertit mon oreille ;
Et les chênes frappés par les célestes feux,
Souvent, je m'en souviens, l'ont prédit à mes yeux.
Mais ce dieu, quel est-il ? nomme-le-nous, Tityre.

### TITYRE.

Ce qu'ils appellent Rome, autrefois mon délire
Se l'était figuré semblable à ce hameau,
Où souvent, nous, bergers, menons le tendre agneau.
J'avais vu les chevreaux ressembler à leurs mères,

Les jeunes chiens naissants être comme leurs pères :
C'est ainsi qu'au petit je comparais le grand.
Mais sur toute cité Rome s'élève autant
Que le cyprès domine un viorne débile.

### MÉLIBÉE.

Et quel motif si grand t'a conduit à la ville ?

### TITYRE.

La liberté : sur moi son œil se dirigea ;
Ma barbe sous le fer tombait blanche déjà ;
Elle vint tard : en paix je souffrais l'esclavage ;
Enfin elle est venue, et j'ai vu son visage,
En fuyant Galatée auprès d'Amaryllis.
Car, je te l'avouerai, mon pécule jadis
Ne me permettait pas un espoir inutile.
Je pressais bien mon lait pour une ingrate ville ;
Mes agneaux tombaient bien sous le couteau fatal ;
Et cependant, jamais du plus humble métal
Ma droite à la maison ne revenait chargée.

### MÉLIBÉE.

Je ne m'étonne plus, si, dans le deuil plongée,
Amaryllis, aux dieux tu confiais tes maux ;
Je vois pour qui tes fruits pendaient à leurs rameaux :
Tityre était absent. Tityre, sur nos rives,
Les pins, les arbrisseaux, les fontaines plaintives,
N'ont jamais de ton nom cessé de retentir.

### TITYRE.

Que veux-tu ? De mes fers je ne pouvais sortir,
Ni rencontrer ailleurs des dieux si favorables.
C'est là que je connus les bontés admirables
De ce jeune héros, pour lequel, tous les ans,
Douze fois nos autels feront fumer l'encens ;
Là, qu'il me répondit ces paroles propices :
« Mes enfants, faites paître encore vos génisses ;
Des taureaux sous le joug pliez encor le front. »

### MÉLIBÉE.

Heureux vieillard ! ainsi tes champs te resteront ;
Et pour toi c'est assez, bien que des marécages,
Des joncs, des rochers nus, couvrent tes pâturages.
Tes brebis, sur le point d'enfanter leurs agneaux,
N'auront pas à tenter des herbages nouveaux ;
Et le troupeau voisin n'étendra pas sur elles
D'un mal contagieux les atteintes cruelles.
Heureux vieillard ! ici, parmi les bois touffus,
Les sources d'eau sacrée et les fleuves connus,
Tu goûteras, Tityre, une fraîcheur ombreuse.
Ici viendra d'Hybla l'abeille butineuse,
Sur les saules en fleurs qui ceignent ton verger,
T'inviter au sommeil d'un murmure léger.
Ici, souvent, du haut de ces roches aiguës,
L'émondeur lancera sa chanson vers les nues.
Cependant tes ramiers, ton souci, ton bonheur,
De leur voix sourde encor réjouiront ton cœur ;

Et, sur les grands ormeaux, les blanches tourterelles
Roucouleront encor leurs plaintes éternelles.

### TITYRE.

Aussi les cerfs légers iront paître dans l'air ;
Les flots mettront à sec les poissons de la mer ;
Le Parthe et le Germain changeront de patrie ;
Dans le Tigre on verra boire la Germanie,
Le Parthe à l'Araris, avant que de mon cœur
Soient effacés les traits de ce dieu bienfaiteur.

### MÉLIBÉE.

Nous, nous irons au loin chercher l'Afrique aride ;
Chercher, les uns la Crète et l'Oaxe rapide,
Les autres la Scythie et ses rudes hivers,
Et les Bretons, jetés loin de notre univers.
O ma pauvre cabane au toit couvert de chaume,
O modestes épis de mon petit royaume,
Vous reverrai-je encor ? Pays de mes aïeux,
Après un temps bien long, frapperas-tu mes yeux ?
Un impie, un soldat de ces guérets s'empare !
Ces travaux, ces moissons, c'était pour un barbare !
Voilà quels sont les fruits de vos dissensions ;
Voilà pour qui nos mains ont semé nos sillons,
Malheureux citoyens ! O Mélibée, aligne,
Plante encor des poiriers, encor des rangs de vigne.
Allez, chèvres, allez , troupeau jadis heureux !
Sur le sommet lointain d'un rocher buissonneux,
Je ne vous verrai plus, de mes grottes fleuries ;

Je ne chanterai plus : ô mes chèvres chéries,
Vous n'irez plus, avec votre ancien pasteur,
Brouter le saule amer et le cytise en fleur.

TITYRE.

Cependant avec moi, durant la nuit obscure,
Tu pourras reposer sur un lit de verdure.
Nous avons des fruits doux, des marrons amollis,
Et des gâteaux de lait que mes mains ont durcis.
Déjà les toits au loin fument dans les campagnes;
Et l'ombre au loin grandit, qui tombe des montagnes.

Août 1849.

# ÉGLOGUE II.

## ALEXIS.

Le berger Corydon brûlait pour Alexis :
Hélas ! il ne devait espérer que mépris
Du charmant Alexis, délices de son maître.
Seulement, chaque jour il allait sous un hêtre
De la haute forêt aux ombrages touffus ;
Et là, seul, il jetait sans art ces mots confus,
Plainte perdue, aux bois, aux montagnes, aux brises :

O cruel Alexis, mes chants, tu les méprises ;
Tu n'as en rien pitié de mon affreux tourment :
Tu me feras mourir, à la fin. Maintenant,
Eux-mêmes les troupeaux cherchent le frais et l'ombre ;
Le vert lézard se cache en la broussaille sombre ;
Maintenant Thestylis apprête au moissonneur,
Dont la chaleur rapide énerve la vigueur,
L'ail et le serpolet à l'odeur enivrante :
Et, sous l'ardent soleil, la cigale sifflante,
Tandis que sur tes pas j'égare mon amour,
Fait seule retentir les buissons d'alentour.
N'eût-il pas mieux valu d'Amaryllis naguères
Souffrir les grands dédains et les tristes colères ?

De Ménalcas encor que ne suis-je l'amant ?
Bien que son front soit noir, et que le tien soit blanc.
Bel enfant, la couleur est une chose vaine :
On cueille le vaciet, on fait fi du troëne.

Tu me méprises, moi, sans savoir qui je suis,
Alexis ; sans savoir combien j'ai de brebis,
Combien de lait neigeux. J'ai, richesse inutile,
Mille brebis errant sur les monts de Sicile ;
J'ai du lait frais toujours, les étés, les hivers ;
Il ne manque jamais. Je sais chanter les vers
Qu'Amphion de Dircé, sur le mont Aracynthe,
Dont le vaste Océan environne l'enceinte,
Chantait pour appeler ses troupeaux vigoureux.
Mon visage non plus ne doit pas être affreux :
L'onde et les vents dormaient ; courbé sur le rivage,
Dans le cristal des flots j'aperçus mon image ;
Et je puis devant toi, s'ils ne m'ont point flatté,
Disputer à Daphnis le prix de la beauté.

Oh ! daigne seulement, sous nos chaumes agrestes,
Habiter avec moi nos campagnes modestes ;
Percer les cerfs légers avec les traits d'airain ;
Conduire les chevreaux, la verte mauve en main ;
Et chanter, comme Pan, dans la forêt paisible.
Pan, le premier, montra par la cire flexible
Comment l'on peut en flûte unir des chalumeaux :
Pan a soin des bergers, ainsi que des troupeaux.
Ta lèvre au chalumeau doit se fier sans crainte ;

Pour apprendre cet art, que ne faisait Amynte ?
Damète m'a donné, présent cher à mon cœur,
Sa flûte à sept tuyaux d'inégale hauteur ;
Il me dit en mourant : « De ma flûte champêtre
C'est toi qui désormais seras le second maître. »
Amyntas fut jaloux, et follement. Enfin,
J'ai trouvé deux chevreuils dans le creux d'un ravin ;
Des taches d'un blanc pur rendent leurs peaux plus belles ;
De deux brebis par jour ils sèchent les mamelles.
La jeune Thestylis souvent les désira ;
Je te les conservais : mais elle les aura,
Puisque pour toi mes dons sont des offrandes vaines.

Viens, bel enfant : de lis vois ces corbeilles pleines,
Que les Nymphes ici t'apportent en riant ;
Une blanche Naïade, Alexis, te cueillant
La pâle violette et les pavots superbes,
Entremêle la case et de suaves herbes,
Le narcisse et la fleur de l'odorant aneth,
Et pour toi, rehaussant le débile vaciet,
Elle y joint le souci que le safran colore.
Moi, je t'offre des coings qu'un blanc duvet décore ;
Des fruits de châtaignier, qu'aimait Amaryllis ;
Des prunes à peau d'or, dont tu sauras le prix ;
Et vous, lauriers, et vous, myrtes, je vous rassemble :
Vos parfums sont plus doux quand vous êtes ensemble.

Tu n'es qu'un villageois, malheureux Corydon ;
Alexis prend peu garde à ton champêtre don :

Et crois-tu qu'en présents Iolas te le cède?
Qu'est-ce que je me veux? quel malheur me possède?
J'ai lancé sur les fleurs l'auster impétueux,
Et dans les claires eaux les sangliers fangeux.

Qui fuis-tu? De Pâris les bois furent l'asile ;
Les dieux ont habité leur ombrage tranquille.
Que pour Pallas ses tours, sa ville, aient des attraits :
A toute chose, nous, préférons les forêts.
La lionne du loup suit la trace craintive ;
Le loup cherche la chèvre ; et la chèvre lascive,
Le cytise embaumé qui fleurit dans les champs :
Corydon, Alexis ; chacun suit ses penchants.

Regarde : des vallons, à leur joug suspendue,
Les taureaux à pas lents rapportent la charrue ;
Déjà l'ombre s'accroît, déjà s'enfuit le jour ;
Moi cependant, je suis tout embrasé d'amour :
Est-il quelque répit pour l'amour en furie ?

Corydon, Corydon, ah ! quelle est ta folie !
Ta vigne, malheureux, ne t'en souvient-il plus ?
Pend à demi taillée à des ormeaux touffus.
Que ne prépares-tu quelque travail utile ?
Que ne vas-tu tresser l'osier, le jonc docile ?
Tu trouveras ailleurs un plus tendre Alexis,
Puisqu'enfin celui-là n'a pour toi que mépris.

Janvier 1850.

# ÉGLOGUE III.

MÉNALQUE, DAMÈTE, PALÉMON.

### MÉNALQUE.

Dis-moi, Damète, à qui ce troupeau peut-il être ?
A Mélibée ?

### DAMÈTE.

Oh ! non ; Égon en est le maître :
Égon dernièrement à mes soins le livra.

### MÉNALQUE.

O troupeau malheureux ! Quand près de Nééra,
Égon l'obsède, et craint qu'elle ne me préfère,
Ici, de ses brebis le gardien mercenaire
Les trait deux fois par heure, et dérobe au troupeau
La vigueur de la mère et le lait de l'agneau.

### DAMÈTE.

A des hommes, du moins, ménage les injures,
Ménalque. Nous savons aussi tes aventures,
L'antre sacré... les boucs regardaient de travers ;
Les Nymphes souriaient, faciles aux pervers.

MÉNALQUE.

Alors, quand je coupai, d'une faux criminelle,
L'arbuste de Mycon et sa vigne nouvelle ?

DAMÈTE.

Ou bien, lorsqu'ici même, auprès des vieux ormeaux,
Tu brisas de Daphnis l'arc et les chalumeaux ;
Tu les lui vis donner, et tu frémis d'envie :
Sans vengeance, pervers, c'était fait de ta vie.

MÉNALQUE.

Qu'osera donc un maître, audacieux fripon ?
Ne t'ai-je pas vu prendre un chevreau de Damon,
Moi ? Lycisque aboyait, mais tu n'en fis que rire ;
Et, comme je criais : « Où s'enfuit-il, Tityre ?
Rassemble ton troupeau ; » toi déjà, vil brigand,
Derrière les glaïeuls tu te cachais tremblant.

DAMÈTE.

De vaincre au chant Damon si j'avais eu la gloire,
Que ne me donnait-il le prix de ma victoire,
Le prix qu'avaient gagné ma flûte et ma chanson ?
Ce chevreau, sache-le, n'était plus à Damon :
Lui-même n'a jamais prétendu le contraire ;
Il disait seulement ne s'en pouvoir défaire.

MÉNALQUE.

De flûte à sept tuyaux t'es-tu servi jamais ?

Toi, vaincre au chant Damon ! Mais c'est toi qui jetais,
Ignorant, sur un fifre aux sons insupportables,
Dans tous les carrefours, tes chansons misérables ?

### DAMÈTE.

Veux-tu donc essayer nos talents tour à tour ?
Je gage une génisse. Accepte ; chaque jour
Deux fois, pour qu'on la traie, elle tend la mamelle,
Et nourrit deux petits. Que gages-tu contre elle ?

### MÉNALQUE.

Du troupeau que tu vois, quant à moi, Damétas,
Je ne puis disposer pour prix de nos combats :
De retour au logis, je retrouve mon père,
Une marâtre injuste, et je crains leur colère ;
Par deux fois chaque jour ils comptent mes troupeaux :
Et l'un des deux encor repasse les chevreaux.
Mais, puisque ta folie ose me faire outrage,
Je promets, vois combien je surpasse ton gage,
Mes deux coupes de hêtre, ouvrage qu'a sculpté
Alcimédon, divin par son habileté.
Ciselée à l'entour, une vigne légère
Couvre ses grains épars d'un blanc ruban de lierre.
Au milieu, deux portraits : l'un nous montre Conon ;
Et l'autre, ce savant, dis-moi quel est son nom,
Celui dont le compas marqua l'orbe du monde,
Quel temps veut la charrue et la moisson féconde ?
Ces vases sont chez moi soigneusement cachés,
Et jamais de ma lèvre ils ne furent touchés.

### DAMÈTE.

J'en ai deux comme toi, d'Alcimédon ; l'acanthe
A chaque anse s'enlace et mollement serpente ;
Orphée est au milieu, suivi par les forêts.
Mes lèvres jusqu'ici n'y touchèrent jamais.
Mais certe, ils ne sont rien auprès de ma génisse.

### MÉNALQUE.

Soit ; je consens à tout : plus de vain artifice.
Un témoin ! Palémon s'avance vers ces lieux.
Apprends à mesurer tes défis orgueilleux.

### DAMÈTE.

Commence, si tu peux : je ne tarderai guère ;
Tout me va. Ce n'est pas une petite guerre ;
Retiens en toi nos chants, ô voisin Palémon.

### PALÈMON.

Chantez, pasteurs, couchés sur le tendre gazon :
C'est l'époque où les champs, les arbres, tout enfante ;
Où la forêt verdit sous la feuille naissante ;
Où de l'an nous sourit la plus belle saison.
Commence, Damétas ; réponds à sa chanson,
Ménalque. Tour à tour que vos voix retentissent :
C'est le chant alterné que les Muses chérissent.

### DAMÈTE.

Jupiter avant tout, Muses au vers divin ;

Que tout dans l'univers de Jupiter soit plein :
Il prend soin de la terre, et mon chant l'intéresse.

### MÉNALQUE.

Nous aussi, de Phébus nous avons la tendresse :
Chez moi toujours je garde, à Phébus consacrés,
Les lauriers, l'hyacinthe aux feuillages pourprés.

### DAMÈTE.

Galatée, une jeune et provoquante folle,
Me lance un fruit, soudain vers les saules s'envole,
Et désire être vue avant de se cacher.

### MÉNALQUE.

Amyntas ne craint pas de me venir chercher ;
Lui, mon feu, si souvent se présente à ma vue,
Que de mes chiens Délie à peine est mieux connue.

### DAMÈTE.

J'ai de charmants présents tout prêts pour ma Vénus :
Je viens de découvrir, sous des rameaux touffus,
Un nid aérien de blanche tourterelle.

### MÉNALQUE.

J'ai dans une forêt, pour mon ami fidèle,
C'est tout ce que j'ai pu, cueilli dix pommes d'or :
J'en enverrai demain quelques autres encor.

### DAMÈTE.

Oh ! que de fois, quels mots m'a redits Galatée !
Mélodieux zéphyrs à l'haleine enchantée,
Portez-en quelque chose à l'oreille des dieux.

### MÉNALQUE.

A quoi bon à ton cœur n'être pas odieux,
Si je garde les rets, tandis que ton audace
Des sangliers fougueux, Amyntas, suit la trace ?

### DAMÈTE.

Accorde-moi Phyllis, car c'est mon jour natal :
Lorsque pour les moissons, sous le couteau fatal,
Tombera la génisse, Iolas, viens toi-même.

### MÉNALQUE.

Plus que toute beauté, c'est ma Phyllis que j'aime :
En me voyant partir, elle pleurait : « Hélas !
Adieu, me disait-elle, adieu, bel Iolas. »

### DAMÈTE.

Le loup sème l'effroi parmi les bergeries ;
Trop de pluie est funeste aux récoltes mûries ;
Les arbres ont à craindre un vent impétueux :
Et nous, d'Amaryllis le courroux dédaigneux.

### MÉNALQUE.

Aux champs ensemencés les ondes savent plaire ;

L'arbousier, aux chevreaux écartés de leur mère ;
Le saule, à la brebis qui naguère a mis bas :
A moi, ce qui me plaît, c'est le seul Amyntas.

DAMÈTE.

A ma Muse champêtre un grand homme est propice :
Pollion. Nourrissez une grasse génisse,
Déesses du Piérus, pour ce noble lecteur.

MÉNALQUE.

De vers vraiment nouveaux Pollion est auteur.
Un taureau, qui déjà dresse une corne altière,
Et d'un pied bondissant soulève la poussière !

DAMÈTE.

Puisse-t-il, Pollion, à ton rang parvenir,
L'ami, sans t'envier, qui te voit réussir !
Puisse pour lui le miel couler en onde pure,
Et l'amome couvrir l'épineuse bouchure !

MÉNALQUE.

Que celui qui n'a pas horreur de Bavius,
Adore aussi tes chants, illustre Mévius ;
Qu'il saisisse un renard, qu'à son char il l'attelle,
Et qu'il presse des boucs la féconde mamelle.

DAMÈTE.

Vous qui cueillez la fraise aux feuillages rampants,

Vous qui cueillez les fleurs, fuyez, jeunes enfants,
Fuyez : un froid serpent est caché sous l'herbage.

### MÉNALQUE.

Gardez-vous, ô brebis, d'approcher du rivage ;
De ces bords dangereux il faut se défier :
Elle est humide encor, la toison du bélier.

### DAMÈTE.

Ecarte mes chevreaux du fleuve trop rapide,
O Tityre : moi-même, à la source limpide,
Lorsqu'il en sera temps, j'irai les baigner tous.

### MÉNALQUE.

Rassemblez vos brebis, enfants, et pressez-vous :
Si la chaleur encor durcissait leurs mamelles,
A les traire nos mains en vain chercheraient-elles.

### DAMÈTE.

Hélas! quelle maigreur dévore ce taureau,
Et dans un champ si gras! Infortuné troupeau,
Hélas! l'amour le tue aussi bien que son maître.

### MÉNALQUE.

L'amour chez mes agneaux n'a pas encor pu naître ;
Leur corps se tient à peine à leurs débiles os.
Je ne sais quel regard fascine mes agneaux.

### DAMÈTE.

Je te crois Apollon, si tu dis où la nue
De trois pieds seulement occupe l'étendue.

### MÉNALQUE.

Dis dans quelle contrée, et Phyllis n'est qu'à toi,
L'on voit naître des fleurs avec un nom de roi.

### PALÉMON.

Il ne m'appartient pas de vous faire justice :
Lui comme toi, tous deux méritez la génisse ;
Et de l'amour quiconque aura craint les douceurs,
Ou senti comme vous ses amères douleurs.
Maintenant vous pouvez arrêter les fontaines,
Enfants ; assez longtemps l'onde abreuva les plaines.

Février 1850.

# ÉGLOGUE IV.

## POLLION.

O Muses de Sicile, élevons nos chansons ;
A tous ne plaisent pas bruyères et buissons.
Si nous chantons les bois, que leur ombre tranquille
Soit digne d'un consul, ô Muses de Sicile.

Voici le dernier âge, à Cumes annoncé ;
Le grand ordre des ans sera recommencé :
Déjà revient la Vierge, et Saturne avec elle ;
Déjà descend des cieux une race nouvelle.
Un jeune enfant va naître, et, dès qu'il paraîtra,
Par lui l'âge de fer tout d'abord cessera ;
L'âge d'or en tous lieux fleurira sur la terre ;
Toi donc, chaste Lucine, en ton travail austère,
Sois propice : déjà règne ton Apollon.

C'est sous ton consulat que vont, ô Pollion,
Commencer cette époque à jamais glorieuse,
Et de ces mois plus grands la marche radieuse.
Par tes soins, s'il en reste, on verra des forfaits

Les vestiges derniers s'effacer à jamais,
Et notre terre enfin à ses craintes ravie.
Ce merveilleux enfant des dieux aura la vie ;
Il verra les héros mêlés avec les dieux ;
On l'y verra lui-même ; et sur le monde heureux
Il maintiendra la paix conquise par son père.

Et d'abord, jeune enfant, sans culture la terre
En tous lieux t'offrira ses aimables présents,
Mêlera le baccar et les lierres errants,
Le colocase avec les riantes acanthes.
Les chèvres reviendront les mamelles traînantes ;
Le lion n'ira plus effrayer le troupeau.
De douces fleurs naîtront autour de ton berceau ;
Les poisons, les serpents, mourront dans la prairie :
Dans tous les champs croîtra l'amome d'Assyrie.

Dès que tu pourras lire avec tes propres yeux
Les exploits de ton père et des héros fameux,
Et savoir ce que c'est qu'une vertu solide,
La grappe rougira sur la broussaille aride ;
Les plaines blondiront sous les tendres épis ;
Et le chêne, au travers de ses bois endurcis,
Dégouttera d'un miel aux suaves rosées.

Des vestiges, pourtant, de nos fautes passées
Feront braver Thétis à des vaisseaux puissants ;
Les villes se ceindront de remparts menaçants ;
Et le soc déchirant sillonnera les terres.
Il naîtra des Tiphys et de nouvelles guerres :

Plein de héros choisis, un Argo voguera ;
Et de nouveau sur Troie un Achille fondra.

Mais sitôt que les ans mûriront ton courage,
Le nocher n'ira plus fendre l'onde sauvage ;
Le pin navigateur cessera sur les mers
D'échanger les présents des rivages divers :
Tout lieu produira tout. La charrue inutile
Ne sillonnera plus la campagne fertile ;
La vigne n'aura plus à supporter la faux ;
Le robuste bouvier déliera ses taureaux ;
De trompeuses couleurs ne peindront plus la laine :
La toison des béliers vêtira dans la plaine
Une pourpre suave, un safran jaunissant ;
Un carmin naturel teindra l'agneau paissant.

« Courez, fuseaux, filez ces siècles mémorables, »
Dit la Parque, fidèle aux destins immuables.

Viens donc pour ces honneurs, enfant chéri des dieux;
Oh ! viens, de Jupiter rejeton glorieux.
Sur leur axe incliné vois tressaillir le monde,
Le ciel profond, la terre et les plaines de l'onde ;
Vois, tout se réjouit de ces temps fortunés.

Et moi, sur mes vieux ans, puissent m'être donnés
Des jours et de la voix pour célébrer ta vie !
Certe, Orphée et Linus me porteront envie,
Eux, fils de Calliope, et fils du dieu des vers.

Pan, si dans l'Arcadie il brave mes concerts,
Pan devant l'Arcadie avouera son délire.

Reconnais, jeune enfant, ta mère à son sourire :
Quels longs ennuis dix mois tu lui fis endurer !
Connais ta mère, enfant : nul ne doit espérer,
S'il n'a de ses parents attiré les caresses,
Et la table des dieux, et le lit des déesses.

Août 1849.

2.

# ÉGLOGUE V.

## MÉNALQUE, MOPSUS.

### MÉNALQUE.

Nous voici réunis ; tous les deux nous savons,
Toi gonfler les pipeaux, moi dire les chansons :
Pourquoi pas nous asseoir en ces fraîches retraites,
Sous ces ormeaux mêlés de riantes coudrettes ?

### MOPSUS.

C'est toi l'aîné : choisis, car je dois t'obéir,
Ou l'ombrage incertain qu'agite le zéphyr,
Ou plutôt cette grotte ; une vigne sauvage
Y serpente et de fruits parsème son feuillage.

### MÉNALQUE.

Seul sur nos monts Amynte avec toi lutterait.

### MOPSUS.

Pour vaincre au chant Phébus, Amyntas combattrait.

### MÉNALQUE.

Commence : de Phyllis conte-nous la tendresse,
Codrus et sa querelle, Alcon et son adresse.
Tityre veillera sur nos chevreaux paissants.

### MOPSUS.

Je vais plutôt, Ménalque, essayer d'autres chants,
Que j'ai naguère écrits sur l'écorce d'un hêtre ;
Je chantais, puis gravais mon poëme champêtre.
Dis après qu'Amyntas vienne me défier.

### MÉNALQUE.

Tel un saule pliant cède au pâle olivier ;
Telle aux rosiers pourprés cède une humble lavande :
Telle entre vous pour moi la différence est grande.
Mais sous la grotte, enfant, nous voici réunis.

### MOPSUS.

La mort cruelle au jour avait ravi Daphnis ;
Et les Nymphes pleuraient : coudriers, onde errante,
Vous en fûtes témoins, quand la mère pleurante
Embrassait de son fils les restes malheureux,
Et traitait de cruels les astres et les dieux.
Nul berger, dans ces jours, vers les fraîches fontaines
Ne mena ses taureaux rassasiés des plaines,
Daphnis ; nul animal ne but l'eau du torrent ;
Nul n'effleura des prés le gazon odorant.
Les lions africains sur ton trépas gémirent ;

Les monts et les forêts de leurs cris retentirent.
Daphnis soumit au char le tigre arménien ;
Daphnis mena les chœurs de Bacchus Indien,
Et des pampres au thyrse enlaça la verdure.
Telle des grands ormeaux la vigne est la parure ;
Tel un raisin doré dans les vignes est beau ;
Tel le taureau fougueux est l'orgueil du troupeau ;
Tel l'épi des champs gras est l'ornement suprême :
Tel tout l'honneur des tiens, Daphnis, c'était toi-même.
Depuis que t'ont ravi les destins foudroyants,
Palès, Apollon même, ont déserté nos champs :
Souvent, dans les sillons semés d'orge fertile,
Surgit la triste ivraie et l'avoine stérile ;
Au lieu d'un beau narcisse à la rouge splendeur,
Au lieu de violette à la molle senteur,
Croît le chardon, la ronce aux épines aiguës.
Bergers, cachez le sol sous les feuilles touffues :
Daphnis le veut ; couvrez les eaux d'ombrages verts ;
Puis, faites une tombe, et gravez-y ces vers :
« Je suis Daphnis, qu'aux bois comme aux astres l'on aime
Berger d'un beau troupeau, mais bien plus beau moi-même »

### MÉNALQUE.

Tes accents sont pour nous, ô poëte divin,
Comme un sommeil sur l'herbe après un long chemin,
Ou, pour calmer la soif, dans la saison brûlante,
L'eau douce qui d'un roc s'échappe étincelante.
Ton jeu sur les pipeaux, heureux enfant, ta voix,
A ton maître déjà t'égalent à la fois.

Tu seras après lui comme un autre lui-même.
Moi cependant, je vais dire aussi mon poëme,
Jusqu'aux astres porter ton Daphnis à mon tour ;
Jusqu'aux astres : Daphnis eut pour moi de l'amour.

### MOPSUS.

Ah ! quel don pourrait m'être un bonheur plus insigne ?
De nos hymnes de deuil l'enfant était bien digne ;
Et d'ailleurs, Ménalcas, dès longtemps Stimicon
Sur le triste Daphnis m'a vanté ta chanson.

### MÉNALQUE.

Daphnis brille déjà d'une splendeur divine ;
Il admire l'Olympe, et, du seuil, il domine
Les nuages obscurs, les astres rayonnants.
Aussi dans quels transports sont les bois et les champs,
Et Pan, et les pasteurs, et les jeunes Dryades !
Le loup pour les troupeaux ne tend plus d'embuscades ;
Le cerf n'est plus surpris dans de perfides rets :
C'est que Daphnis est bon, et qu'il aime la paix.
Partout des cris joyeux s'élancent vers les nues ;
Les rochers, les buissons, les montagnes touffues,
Font retentir ces mots dans leurs chants réunis :
« C'est un dieu, Ménalcas, c'est un dieu que Daphnis. »
Sois donc à tous les tiens favorable et propice :
Voici de quatre autels le pieux sacrifice ;
Deux sont pour toi, Daphnis, et deux pour Apollon.
Tous les ans de mes mains tu recevras pour don

Deux vases pleins du jus d'olives onctueuses,
Et de lait chaud encor deux coupes écumeuses.
D'un Bacchus abondant égayant le festin,
Vrai nectar, de Chio je verserai le vin,
Près du foyer l'hiver, l'été sous l'ombre noire.
Égon et Damétas viendront chanter ta gloire;
Alphésibe, imiter les Satyres dansants.
Tels seront tes honneurs, Daphnis, quand, tous les ans,
Des Nymphes auront lieu les fêtes solennelles,
Et nos processions pour les moissons nouvelles.
Tant que le sanglier aimera les coteaux,
Et l'abeille le thym, et le poisson les eaux,
Et tant que la cigale aimera la rosée,
Tu vivras, ô Daphnis, dans notre âme embrasée,
Toi, ta gloire, ton nom, et tes grandes vertus.
Tu recevras les vœux, comme Cérès, Bacchus :
Et comme eux, tous les ans, exauçant les prières,
Tu lieras à ces vœux les hommes des chaumières.

### MOPSUS.

Quel don puis-je t'offrir, quel don pour un tel chant?
Car du naissant auster jamais le sifflement,
Jamais le bruit des flots qui frappent le rivage,
Ni le cri des torrents qu'en un vallon sauvage
Au milieu des rochers on écoute mugir,
Ne m'ont causé, Mopsus, un aussi grand plaisir.

## MÉNALQUE.

Reçois de moi d'abord cette flûte fragile.
Elle m'a fait chanter sous l'ombrage mobile :
« Le berger Corydon brûlait pour Alexis ; »
Puis encore : « Damète, à qui sont ces brebis ? »

## MOPSUS.

Et toi, prends ma houlette. Antigène sans cesse,
Il était cependant bien digne de tendresse,
Me la redemandait, et chaque fois en vain.
Ses nœuds sont tous égaux, et sa pointe est d'airain.

Décembre 1849.

# ÉGLOGUE VI.

## SILÈNE.

Sans rougir des forêts, la première, ma Muse
A daigné se jouer du vers de Syracuse.
J'allais chanter les rois, les combats ; Apollon
Me tira par l'oreille, et m'arrêta : « Non, non,
Me dit-il ; un berger doit avoir, ô Tityre,
De très-grasses brebis, mais des chansons pour rire. »
Je vais donc essayer (assez d'autres, Varus,
Assez d'autres loueront à l'envi tes vertus,
Et peindront les horreurs de la guerre funeste)
Sur mes légers pipeaux une chanson agreste.
J'obéis à Phébus. Si quelqu'un cependant,
Si quelqu'un lit ces vers, et s'en trouve content,
C'est toi que chanteront, ô Varus, nos bruyères ;
C'est toi que chanteront les forêts tout entières :
Rien n'est plus agréable au charmant Apollon
Que la page, Varus, où préside ton nom.

Poursuivons. Dans un antre était couché Silène ;
L'Iacchus de la veille avait gonflé sa veine ;
Chromis et Mnasylos le virent qui dormait.
Sa couronne de fleurs loin de lui s'égarait ;

Sa lourde coupe, vide et toujours épuisée,
Pendait à sa ceinture avec une anse usée.
Ils se jettent sur lui ; car Silène souvent
Leur a fait, mais en vain, espérer quelque chant ;
On lie avec ses fleurs le vieillard infidèle.
Églé survient ; Églé, des Nymphes la plus belle,
Des timides bergers encourage les jeux ;
A peine le vieillard a-t-il ouvert les yeux,
D'une mûre sanglante elle peint son visage.
« Pourquoi ces nœuds ? dit-il, riant du badinage ;
Rompez-les : c'est assez que vous m'ayez surpris.
Vous le voulez, je chante : enfants, à vous ce prix ;
Un autre attend la Nymphe. » Et soudain il commence.
Les Faunes, les lions, accourent en cadence,
Et les chênes durcis s'agitent dans les airs.
De Phébus le Parnasse aime moins les concerts,
Et le divin Orphée, aux accents de sa lyre,
Charme moins le Rhodope et l'Ismare en délire.

Il dit comment, pressés dans le vide béant,
Le feu liquide, l'air, la terre, l'Océan,
De leurs germes féconds ont créé toute chose :
Comment de l'univers la tendre sphère éclose
Se durcit, resserra Nérée au sein des mers ;
Et comment les objets prirent des corps divers.
Il chante le soleil stupéfiant le monde ;
Les nuages montant et s'échappant en onde :
La forêt qui surgit ; sur des monts inconnus,
Encore peu nombreux, les animaux perdus :

3

Saturne, par Pyrrha la semence jetée ;
L'aigle caucasien, le vol de Prométhée ;
Hylas perdu sous l'onde, et les nochers criant :
« Hylas ! » Hylas, répond le rivage bruyant.

Et toi, sans les troupeaux bienheureuse princesse,
Pour un taureau neigeux il plaint ta folle ivresse.
Ah ! vierge infortunée, ah ! quels égarements !
Pasiphaé, jadis de faux mugissements
Les filles de Prœtus remplirent la campagne ;
Mais nulle des troupeaux ne devint la compagne ;
Et cependant, du joug leur cou craignait l'affront,
Et leurs mains en tremblant se portaient à leur front.
Toi, tu cours sur les monts, ah ! vierge malheureuse :
Et lui, ruminant l'herbe à l'ombre d'une yeuse,
Sur l'hyacinthe molle étend ses flancs neigeux,
Ou dans un grand troupeau suit l'objet de ses feux.
« Nymphes du mont Dicté, des bois fermez l'issue ;
Ah ! si d'un bœuf errant les pas frappaient ma vue !
Charmé plutôt par l'herbe, ou suivant un troupeau,
Quelque amante à Gortyne attire mon taureau. »

Silène chante aussi la vierge aux pieds rapides
Qu'éblouit de son or le fruit des Hespérides :
Les sœurs de Phaéton, qu'il ceint d'un bois amer,
Et que, hauts peupliers, il élève dans l'air :
Gallus se promenant sur les bords du Permesse ;
Comment de le guider une Muse s'empresse ;
Comment dans l'Aonie, au sommet d'Hélicon,

Se lève devant lui tout le chœur d'Apollon ;
Les cheveux couronnés de fleurs et d'ache amère,
Linus alors : « Reçois cette flûte légère,
Dit-il en vers divins ; c'est un don des neuf Sœurs ;
Le vieux chantre d'Ascra, par ses molles douceurs,
Faisait descendre à lui les frênes des collines.
De Grynée à présent conte les origines :
Qu'il soit le premier bois dont se vante Phébus. »

Dirai-je encor Scylla, la fille de Nisus ?
Et celle qui retient, à ses aines de neige,
De monstres aboyants un terrible cortége,
Qui poursuivit Ulysse, et qui fit, sous les flots,
Manger aux chiens marins ses pâles matelots ?
Dirai-je encor Térée et sa forme nouvelle ?
Quel repas, quels présents lui donna Philomèle ?
Comment le malheureux, s'élevant dans les airs,
Plana sur son palais, puis s'enfuit aux déserts ?

Tous ces vers qu'autrefois Apollon fit entendre,
Qu'à ses lauriers, charmé, l'Eurotas fit apprendre,
Silène les redit : ses chants harmonieux
Par l'écho des vallons étaient portés aux cieux ;
Mais il fallut rentrer les brebis bien comptées,
Vesper gagnant l'Olympe aux voûtes attristées.

                                        Mars 1850.

# EGLOGUE VII.

### MÉLIBÉE, CORYDON, THYRSIS.

#### MÉLIBÉE.

Sous un chêne sonore était couché Daphnis;
Vers lui s'étaient rendus Corydon et Thyrsis;
Thyrsis, et ses brebis; Corydon, et ses chèvres,
Le pis gonflé d'un lait délicieux aux lèvres :
Arcadiens tous deux, tous deux dans leur printemps;
Habiles à chanter, comme à répondre aux chants.

De mes myrtes frileux j'abritais le feuillage;
Le bouc, chef du troupeau, quitta le pâturage;
Je vis Daphnis : « Allons, me dit-il, viens ici:
Ton bouc est en lieu sûr, et tes chevreaux aussi;
Viens, si tu peux chômer, sieds-toi sous l'ombre noire.
Là tes bœufs par les prés d'eux-mêmes viendront boire;
Là, le vert Mincius, d'un jonc tendre entouré;
Là, des essaims chantant dans ce chêne sacré. »
Que faire? pour rentrer dans mon humble chaumière
Les agneaux écartés du doux lait de leur mère,
Je n'avais pas alors Alcippe ni Phyllis :

Mais un combat si grand, Corydon et Thyrsis !
Mes travaux sérieux à leurs jeux le cédèrent.
À chanter tour à tour les bergers commencèrent :
Les Muses le voulaient. Corydon préludait,
Et dans un ordre égal Thyrsis lui répondait.

### CORYDON.

Nymphes de Libéthra, déesses du Permesse,
Accordez-moi des vers, vous, toute ma tendresse,
Comme vous en donnez à mon ami Codrus ;
Et certes, ses beaux vers approchent de Phébus :
Ou si c'est un bonheur où nul ne peut prétendre,
Flûte, à ce pin sacré je m'en vais te suspendre.

### THYRSIS.

Bergers arcadiens, de lierre pâlissant
Venez ceindre le front d'un poëte croissant ;
Que les flancs de Codrus crèvent de jalousie :
Ou si Codrus me loue en dépit de l'envie,
Ceignez-moi de baccar, pour qu'un éloge impur
Ne puisse nuire au moins au poëte futur.

### CORYDON.

Reçois d'un sanglier cette tête velue,
Diane, et d'un vieux cerf la ramure branchue ;
Je t'offre ces présents par le petit Mycon.
Si, reine de Délos, tu souris à ce don,
Sur un marbre poli tu seras figurée,
Le pied ceint d'un cothurne à la couleur pourprée.

### THYRSIS.

Du lait et ces gâteaux, Priape, tous les ans,
C'est assez de mes mains attendre de présents :
O dieu, tu n'es gardien que d'un pauvre héritage.
En marbre, vu le temps, j'ai sculpté ton image ;
Mais toi, rends mes brebis plus fécondes encor,
Et, mes troupeaux accrus, ô Priape, sois d'or.

### CORYDON.

Néréide, plus douce à mon âme enchantée
Que le thym de l'Hybla, charmante Galatée,
Plus blanche que le cygne et que les lierres blancs,
Sitôt que tu verras, rassasiés des champs,
Mes taureaux regagner leurs nocturnes retraites,
Viens, de ton Corydon, viens, si tu t'inquiètes.

### THYRSIS.

Moi, je veux te sembler plus amer, plus affreux,
Que l'herbe de Sardaigne et le houx épineux,
Plus vil que par la mer une algue abandonnée,
Si ce jour ne m'est pas aussi long que l'année.
Mes taureaux, c'est assez dévorer le gazon ;
Vous n'avez pas de honte, allez à la maison.

### CORYDON.

O fontaines qu'entoure une mousse sauvage,
Herbe molle au sommeil, arbuste au vert feuillage,
Dont l'ombre se balance au-dessus de ces eaux,

Du solstice brûlant défendez mes troupeaux :
Déjà revient d'été la chaleur dévorante,
Et le bourgeon grossi sur la vigne riante.

### THYRSIS.

Ici, brillant foyer ; ici, pins résineux ;
Assidûment ici j'allume de grands feux ;
La porte de fumée en est toute noircie :
De Borée et du froid ici je me soucie,
Comme un loup affamé, du nombre des agneaux,
Comme un torrent, des bords qu'envahissent ses eaux.

### CORYDON.

Genièvres parfumés, châtaignes épineuses,
Seuls hérissent encor leurs branches orgueilleuses ;
Sous chaque arbre les fruits sont épandus en tas ;
Le sol en est jonché ; tout sourit : mais, hélas !
Si le bel Alexis fuyait de nos montagnes,
Les fleuves n'iraient plus féconder les campagnes.

### THYRSIS.

Arides sont les champs ; Phébus embrase l'air ;
L'herbe meurt altérée ; aux collines Liber
Envie un pampre épais qui les couvrait d'ombrage :
Quand ma Phyllis viendra, partout un beau feuillage
Verdira dans les bois, et, par nombreux torrents,
Jupiter descendra fertiliser les champs.

### CORYDON.

Le peuplier, d'Alcide est la plante sacrée ;
Du joyeux Iacchus la vigne est préférée ;
Vénus aime le myrte, et Phébus les lauriers :
Aux yeux de ma Phyllis plaisent les coudriers ;
Et tant qu'ils lui plairont, oui, je vous les préfère,
O lauriers de Phébus, ô myrtes de Cythère.

### THYRSIS.

Le frêne orne les bois, et le pin les jardins ;
Sur les monts élevés on aime les sapins ;
Le peuplier, d'un fleuve embellit le rivage :
Si vers moi plus souvent tu venais au bocage,
O charmant Lycidas, que tu surpasserais
Le pin de nos jardins, le frêne des forêts !

### MÉLIBÉE.

Tel fut leur chant, présent encore à ma mémoire ;
Thyrsis voulut en vain disputer la victoire.
Et depuis ce temps-là, dans l'art de la chanson,
Corydon à mes yeux est toujours Corydon.

Avril 1850.

# EGLOGUE VIII.

## LES ENCHANTEMENTS.

Je dirai les combats d'Alphésibe et Damon;
A ces chants la génisse oublia le gazon;
Émerveillés, les lynx en silence écoutèrent,
Et des fleuves charmés les ondes s'arrêtèrent;
Je vais dire les chants d'Alphésibe et Damon.

Que des rocs du Timave, illustre Pollion,
Tu franchisses déjà la cime aérienne;
Que tu rases les bords de l'onde illyrienne;
Ne viendra-t-il jamais, ce grand jour où ma voix
Dans l'univers entier répandra tes exploits,
Et publiera les vers de ta muse tragique,
Seuls dignes de Sophocle et du cothurne antique?
J'ai commencé par toi; par toi je veux finir:
Reçois ces vers, chantés afin de t'obéir;
Laisse autour de ton front cette branche de lierre
Se mêler aux lauriers que t'a valus la guerre.

L'ombre fraîche des nuits se retirait des cieux;
C'était l'heure où l'agneau trouve délicieux

3.

Les pleurs de la rosée et l'herbe ramollie ;
Sur un bois d'olivier à l'écorce polie,
Ainsi chanta Damon : Nais, ramène le jour,
Aimable Lucifer, tandis que mon amour
De l'indigne Nisa pleure la perfidie,
Et qu'aux dieux, résolu d'abandonner la vie,
Bien qu'après les avoir attestés vainement,
Je redis mes chagrins, à mon dernier moment.

Ma flûte pastorale,
Chante avec moi des vers dignes du mont Ménale.

De bois mélodieux est peuplé le Ménale ;
Des voix dans ses grands pins retentissent toujours ;
Sans cesse des bergers il entend les amours,
Et Pan qui découvrit la flûte pastorale.

Flûte, chantons des vers dignes du mont Ménale.

Nise à Mopsus ! Amants, que ne pas espérer ?
Les daims avec les chiens vont se désaltérer ;
Du griffon la jument deviendra la compagne.
Mopsus, taille en flambeaux les pins de la montagne ;
Jette les noix, mari : l'on t'amène Nisa ;
C'est pour toi qu'Hespérus abandonne l'Œta.

Ma flûte pastorale,
Chante avec moi des vers dignes du mont Ménale.

Oh ! tu t'es uni là, vraiment, un digne époux !
Puisque pour ce Mopsus tu nous méprises tous ;

Que tu hais mes chevreaux, ma flûte badinante,
Mes sourcils hérissés et ma barbe traînante ;
Et puisque, tu le crois, nul des dieux souverains
Ne songe à regarder ce que font les humains.

Ma flûte pastorale,
Chante avec moi des vers dignes du mont Ménale.

Avec ma mère un jour, toute petite encor,
Tu vins dans nos vergers cueillir des pommes d'or ;
Je vous guidais, durant l'humide matinée ;
J'étais à peine entré dans ma douzième année ;
A peine j'atteignais aux fragiles rameaux.
Je te vis, et dès lors commencèrent mes maux,
Et dès lors m'emporta la passion fatale !

Flûte, chantons des vers dignes du mont Ménale.

Mais maintenant je sais ce que c'est que l'Amour :
Des rochers les plus durs il a reçu le jour ;
Non, notre sang n'est pas le sang de ce barbare ;
Il est né du Rhodope, il est né de l'Ismare,
Ou chez le Garamante, au bout de l'univers.

Flûte, du mont Ménale imitons les concerts.

L'Amour cruel souilla d'une mère égarée,
Dans le sang de ses fils, la main dénaturée :
Impitoyable Amour, mère cruelle aussi !
Mère, Amour, qui des deux fut le plus endurci ?
L'Amour fut dur, et toi, mère, cruelle aussi.

Ma flûte pastorale,
Chante avec moi des vers dignes du mont Ménale.

Qu'à l'aspect des brebis coure le loup peureux ;
Que des bruyères coule une eau d'ambre onctueux ;
Que sur les chênes durs la pomme d'or mûrisse ;
Que l'aune fleurissant se couvre de narcisse ;
Que Tityre, d'Orphée ait les accents divins ;
Qu'il soit Orphée aux bois, Arion aux dauphins ;
Au cygne harmonieux que le hibou s'égale.

Flûte, chantons des vers dignes du mont Ménale.

Je voudrais voir le monde englouti sous les eaux.
Adieu, forêts, vivez ; moi, je vais dans les flots
Me jeter du sommet d'une roche sauvage :
Que d'un mourant l'ingrate ait ce dernier hommage.

Cessons, flûte, cessons le chant ménalien.

Ainsi parla Damon. Muses, dites-nous bien
Les accords qu'Alphésibe après lui fit entendre :
Tous, nous ne pouvons pas tout oser entreprendre.

Brûle sur cet autel, ceint de bandeaux pliants,
Et la grasse verveine et les mâles encens ;
Apporte-moi de l'eau ; je veux, par la magie,
Rendre à l'amour les sens d'un amant qui m'oublie :
Il ne manque plus rien que les enchantements.

Ramenez-moi Daphnis, ô mes enchantements.

Par les enchantements, par un tel sacrifice,
Circé put transformer les compagnons d'Ulysse ;
Par ces charmes, du ciel la Lune descendrait ;
Et dans les prés, brisé, le froid serpent mourrait.

Charmes, ramenez-moi cet ingrat que j'adore.

Ceinte de trois bandeaux à couleur tricolore,
Son image trois fois fait le tour des autels ;
Trois fois : le nombre impair plaît aux dieux immortels.

Charmes, ramenez-moi cet ingrat que j'adore.

Serre d'un triple nœud la bande tricolore,
Amaryllis, et dis : « C'est le nœud de Cypris. »

O mes enchantements, ramenez-moi Daphnis.

Un seul et même feu peut, tu le vois, suffire
Pour durcir cette argile et fondre cette cire :
Qu'ainsi Daphnis s'émeuve au feu de mon amour.
Jette un gâteau salé ; fais brûler à leur tour
Ces fragiles lauriers aux flammes du bitume.
Daphnis cruellement me brûle et me consume ;
Moi, je brûle Daphnis par ces lauriers ardents.

Ramenez-moi Daphnis, ô mes enchantements.

Daphnis, ah ! telle on voit la génisse égarée,
Par les forêts, les bois à la cime sacrée,

Lasse enfin de chercher les traces d'un taureau,
Tomber sur l'ulve verte, au bord d'un courant d'eau,
Sans songer à partir devant la nuit obscure :
Qu'un tel amour au cœur le tienne et le torture ;
Qu'il me trouve insensible à guérir ses tourments.

Ramenez-moi Daphnis, ô mes enchantements.

Il m'a laissé, l'ingrat, sa dépouille chérie ;
Sous mon seuil, à ton sein, terre, je la confie :
Ces gages, de Daphnis me doivent le retour.

Charmes, ramenez-moi l'objet de mon amour.

Méris cueillit au Pont ces herbes vénéneuses ;
Méris lui-même : au Pont elles naissent nombreuses.
Par leurs pouvoirs secrets, j'ai vu plus d'une fois
Méris, devenu loup, s'enfoncer dans les bois,
Évoquer des tombeaux les fantômes débiles,
Et porter des moissons dans les plaines stériles.

Prends cette cendre, et va, par-dessus tes cheveux,
La jeter au courant, sans retourner les yeux.
Voilà contre Daphnis quelles seront mes armes :
Mais il se rit des dieux, il se rit de mes charmes.

O mes charmes, ici ramenez-moi Daphnis.

Vois-tu ? de feux tremblants la cendre, Amaryllis,

Ceint mes autels, tandis que je tarde à l'épandre.

Bon présage ! A mon seuil, mais que viens-je d'entendre ?

Hylax ? Sont-ce plutôt des chimères d'amants ?

Mais non ; voici Daphnis : cessez, enchantements.

Janvier 1850

# ÉGLOGUE IX.

## LYCIDAS, MÉRIS.

### LYCIDAS.

Où portes-tu tes pas, Méris, avant la nuit ?
Vas-tu jusqu'à la ville, où ce chemin conduit ?

### MÉRIS.

Nous en sommes venus à ce point de misère,
Nous vivants, Lycidas, l'eussions-nous craint naguère ?
Qu'un barbare étranger s'empare de nos champs :
« Tout cela, c'est à moi, dit-il ; vieux habitants,
Partez. » Et maintenant, tout est dans la détresse,
Le sort renverse tout ; vaincus, pleins de tristesse,
Nous menons ces chevreaux au nouveau possesseur.
Puissent-ils sur sa tête attirer le malheur !

### LYCIDAS.

On m'a dit que pourtant, ses vers ayant su plaire,
Votre Ménalque a pu garder toute la terre,
Depuis l'endroit où baisse et descend le coteau

Par un léger penchant, jusques aux bords de l'eau,
Jusques au front brisé, là-bas, du hêtre antique.

### MÉRIS.

On te l'a dit ; c'était l'opinion publique :
Parmi les traits de Mars, mais que peuvent nos vers ?
Que peut, lorsque sur lui l'aigle fond dans les airs,
L'oiseau chaonien, la colombe peureuse ?
Si la corneille, à gauche, et du creux d'une yeuse,
Ne m'eût fait couper court à de nouveaux débats,
Ménalque et ton Méris déjà ne vivraient pas.

### LYCIDAS.

Hélas ! sur qui retombe une telle infamie ?
Avec toi, Ménalcas, nous eût été ravie,
Seul soutien de nos maux, la douceur de tes chants !
Qui donc célébrerait les Nymphes de nos champs ?
Qui joncherait le sol de fleurs et de feuillages ?
Qui couvrirait les eaux de verdoyants ombrages ?
Quel autre eût fait ces vers que je t'ai pris jadis,
Lorsque tu te rendais chez notre Amaryllis ?
« Je reviendrai bientôt ; il faudra que tu mènes,
Tityre, du pâtis mes chèvres aux fontaines :
Mais garde-toi du bouc, garde-toi d'un affront ;
Crains pendant le trajet les armes de son front. »

### MÉRIS.

Et ceux que pour Varus il méditait naguère,
Inachevés encor, quel autre eût pu les faire ?

« Varus, conserve-nous ces champs chers à nos cœurs,
Ces champs, que de Crémone entourent les malheurs;
Conserve-nous Mantoue! et, pleins de ta mémoire,
Nos cygnes jusqu'aux cieux sauront porter ta gloire. »

### LYCIDAS.

Que tes essaims, Méris, butinent sur le thym,
Et des ifs de Cyrnos évitent le venin !
Que d'un cytise pur tes génisses nourries
Te présentent de lait leurs mamelles remplies !
Mais, si tu peux encor, chante-moi quelques airs.
Les Muses m'ont aussi donné le goût des vers ;
J'ai mes chansons : et même on me parle de gloire,
On me dit inspiré ; mais je n'ose le croire.
Hélas ! mes chants encor ne me sont apparus,
Ni dignes de Cinna, ni dignes de Varus ;
Je siffle d'un oison les notes odieuses
Parmi les cygnes blancs aux voix mélodieuses.

### MÉRIS.

Je cherche à retrouver, si je puis, Lycidas,
Certains vers qui, je crois, ne te déplairont pas.
« Galatée, ah ! quels jeux te retiennent sous l'onde ?
Viens : le printemps de pourpre ici charme le monde ;
Ici, de mille fleurs s'émaillent les ruisseaux ;
Ici, vois sur ma grotte, en mobiles berceaux,
Et le blanc peuplier inclinant ses feuillages,
Et la vigne enlaçant ses flexibles ombrages.

Viens donc, ô mon amour : laisse les flots fougueux
Battre dans leur démence un rivage écumeux. »

### LYCIDAS.

Et ces vers qu'autrefois tu chantais solitaire,
Tandis qu'une nuit pure enveloppait la terre?
J'en ai retenu l'air, mais oublié les mots.

### MÉRIS.

« Tu contemples des cieux les antiques flambeaux?
Et du fils de Vénus l'astre nous illumine,
L'astre du grand César, Daphnis; sur la colline,
Aux rayons du midi, la grappe va rougir;
Les blés vont sous ses feux être heureux de mûrir.
De poiriers, ô Daphnis, entoure ta chaumière :
Tes fils les cueilleront en bénissant leur père. »
L'âge nous ravit tout, même l'esprit; enfant,
Durant les longs soleils j'ai chanté bien souvent :
Mais j'ai tout oublié; ma voix s'en va : je gage
Que les premiers, des loups auront vu mon visage.
Du reste, tous ces vers, lorsqu'il nous reviendra,
Ménalque assez souvent te les répètera.

### LYCIDAS.

Que me fais-tu languir dans ma douce espérance?
L'onde pour t'écouter s'aplanit en silence;
Vois, tout souffle est tombé, le vent ne gémit plus.
A mi-chemin déjà nous sommes parvenus;
Déjà de Bianor paraît la sépulture.

Méris, asseyons-nous sur ce lit de verdure ;
Viens, où ces laboureurs émondent les ormeaux ;
Là, nous allons chanter ; là, pose tes chevreaux :
Nous partirons plus tard. Poursuivons le voyage,
Si tu crains que la nuit ne ramène l'orage ;
Mais chantons : le chemin nous sera plus léger ;
Chantons : de ce fardeau je vais te soulager.

### MÉRIS.

Cesse, enfant, je te prie, une instance plus grande ;
Faisons ce qu'à tous deux le devoir nous commande.
Nous chanterons des vers, le cœur bien plus joyeux,
Quand Ménalque sera de retour en ces lieux.

Décembre 1849.

# ÉGLOGUE X.

## GALLUS.

A ce dernier travail, Aréthuse, souris.
Que Gallus ait des vers, que lise Lycoris :
Des vers pour mon Gallus, qui n'en voudrait pas faire ?
Ainsi, malgré Doris, qu'entre son onde amère,
Sans t'y mêler jamais, tu poursuives ton cours !
Commence : de Gallus dis les tristes amours ;
Mes chèvres vont brouter la verdure naissante.
Rien n'est sourd à nos vers ; la forêt les rechante.

Quel ombrage, quel bois, Naïades, vous gardait,
Quand d'un indigne amour Gallus se consumait ?
Le Parnasse, le Pinde à cime aérienne,
Ni de l'Aganippé la source aonienne,
Ne vous retenaient pas, jeunes vierges des eaux.
Bruyères et lauriers pleurèrent sur ses maux ;
Quand il le vit gisant sous un roc solitaire,
Le Ménale aux grands pins s'émut de sa misère ;
Du froid Lycée aussi les rochers le pleuraient.
Elles-mêmes, debout, ses brebis l'entouraient ;

Elles n'ont pas de honte à nous être fidèles :
Il ne faut pas non plus que tu rougisses d'elles,
O poëte divin ; le charmant Adonis
Près des fleuves lui-même a gardé les brebis.

Tout vint, bergers, bouviers à la marche tardive ;
Ménalque, ruisselant, de la glandée arrive.
Tous demandent : « Pourquoi cet amour dans ton cœur ? »
Apollon vint : « Quelle est cette folle douleur ?
Dit-il ; ta Lycoris, à d'autres feux sensible,
Brave pour eux la neige et la guerre terrible. »
Sylvain parut, le front ceint d'un champêtre honneur,
Brandissant de grands lis et des tiges en fleur.
Nous vîmes aussi Pan, le dieu de l'Arcadie,
D'hièble et de vermillon la figure rougie.
« Modère-toi, dit-il ; l'Amour rit des douleurs.
Le cruel n'est jamais rassasié de pleurs :
Jamais gazon ne l'est d'une eau limpide et pure,
Abeilles de cytise, et chèvres de verdure. »

Toujours triste, Gallus répondit en ces mots :
« Vous ferez cependant redire à vos coteaux,
Bergers arcadiens, ma douleur infinie :
Seuls vous savez chanter, ô bergers d'Arcadie.
Que mollement mes os reposeront un jour,
Si votre flûte, amis, répète mon amour !
Que n'ai-je, l'un de vous, soigné vos bergeries,
Ou vendangé des ceps les récoltes mûries !
Mon cœur pour Amyntas ou Phyllis eût brûlé.

Qu'importait d'Amyntas le visage hâlé ?
Sombre est la violette, et le vaciet est sombre.
L'objet de mon amour, eux ou tout autre, à l'ombre,
Sous les pampres légers, dans les saules épais,
Viendrait auprès de moi se reposer en paix :
Phyllis me tresserait des guirlandes fleuries ;
Amyntas chanterait. Là, de molles prairies ;
Là, de limpides eaux ; là, des bois, frais séjours :
Là, qu'heureux avec toi j'achèverais mes jours,
Lycoris ! Maintenant un fol amour t'égare ;
Tu braves Mars, les traits, un ennemi barbare :
Et, loin de ton pays, que n'en puis-je douter ?
Neige, Alpes, froids du Rhin, tu vas tout affronter,
Ah ! cruelle, sans moi, toi seule. Puisse encore
Le froid ne pas blesser l'amante que j'adore !
Loin de ses tendres pieds, loin les glaçons durcis !
Moi, j'irai moduler les chansons de Chalcis
Sur le doux chalumeau du berger de Sicile.
C'en est fait ; il me faut une forêt tranquille,
Et les antres profonds des fauves animaux ;
Là, je préfère, seul, ensevelir mes maux ;
J'écrirai mes amours sur les tiges nouvelles :
Elles croîtront ; amours, vous croîtrez avec elles.
J'irai sur le Ménale aux Nymphes me mêler ;
J'irai faire la chasse au fougueux sanglier ;
Nul froid n'empêchera mon ardeur martiale
D'entourer de mes chiens la forêt Virginale ;
Déjà je cours les rocs, les bois retentissants,
Et, Parthe, de Cydon lance les traits puissants :

Mais rien peut-il guérir ma fureur invincible?
Aux tourments des humains l'Amour est-il sensible?
Adieu, mes bois; déjà Dryades des forêts,
Déjà même les vers n'ont plus pour moi d'attraits;
Adieu : contre l'Amour il n'est peine qui fasse;
Je braverais, l'hiver, les neiges de la Thrace;
De l'Hèbre, par les froids, j'irais boire les eaux;
J'irais, quand Liber sèche et meurt sur les ormeaux,
Conduire les brebis sous le Cancer stérile,
Noirs Éthiopiens, tout serait inutile.
L'Amour fait tout plier, ah! cédons à l'Amour. »

Déesses du Piérus, c'est assez qu'en ce jour
Ait modulé ces vers votre élève docile,
Tandis qu'assis, il tresse une mauve débile.
Vous, relevez ces chants aux yeux de mon Gallus;
Son amour dans mon cœur grandit de plus en plus,
Comme de l'aune on voit, aux chaleurs renaissantes,
S'élever chaque jour les tiges verdissantes.

Partons : à l'ombre il est dangereux de chanter;
Du genièvre surtout l'ombre est à redouter :
Aux moissons mêmes l'ombre a coutume de nuire.
Venez, chèvres, venez; Hesper commence à luire.

Avril 1850.

# IDYLLES

## DE THÉOCRITE.

4

# IDYLLES

## DE THÉOCRITE.

## IDYLLE I.

### THYRSIS, ou LE CHANT.

LÈ BERGER THYRSIS ET UN CHEVRIER.

**THYRSIS.**

Douces, ô chevrier, sont les voix incertaines
Qui chantent dans les pins au-dessus des fontaines :
Et doux sur les pipeaux sont tes concerts exquis.
De la flûte, après Pan, tu mérites le prix.

Si Pan reçoit un bouc à tête menaçante,
Tu recevras la chèvre; et si Pan s'en contente,
La chevrette revient à ton heureux talent :
Jusqu'au jour où l'on trait sa mamelle pendante,
La chair de la chevrette offre un mets excellent.

### LE CHEVRIER.

Tes accents sont plus doux, berger, que l'onde pure
Tombant des hauts rochers avec un doux murmure.
Si les Muses en don reçoivent la brebis,
D'un jeune agneau sevré tu recevras le prix ;
Tu prendras la brebis, si la Muse préfère
L'agneau nouvellement écarté de sa mère.

### THYRSIS.

Par les Nymphes, veux-tu jouer du chalumeau,
Sur ce coteau penchant, tapissé de bruyère ?
Veux-tu ? Pendant ce temps j'aurai soin du troupeau.

### LE CHEVRIER.

O berger, du dieu Pan je craindrais la colère ;
Je ne puis à midi jouer du chalumeau.
Las de la chasse, il dort : il est d'humeurs chagrines;
Un noir courroux toujours lui gonfle les narines.
Toi, Thyrsis, de Daphnis tu sais chanter les maux;
Ta Muse est parvenue à des hauteurs divines.
Approche ; asseyons-nous ici sous les ormeaux,

En face de Priape et des Nymphes des eaux,
Ou bien allons chercher dans les forêts prochaines
Le siége pastoral et le bouquet des chênes.
Là, si tu veux chanter comme tu fis jadis,
Quand tu le disputais au Libyen Chromis,
De mes chèvres trois fois tu trairas la plus belle :
Malgré les deux petits qui sucent sa mamelle,
Deux vases seront pleins de son lait écumeux ;
Je te donne une coupe, à l'aspect merveilleux,
A deux anses, profonde, et que la cire dore ;
Elle est neuve, et du fer elle a l'odeur encore.
Sur ses lèvres un lierre, un lierre serpentant,
Mêlé d'un hélichryse, en guirlande s'étend ;
Ses rameaux tortueux roulent, s'enorgueillissent
Des fruits qui, comme l'or, au pied s'épanouissent.

Au milieu, l'œil admire, œuvre digne des dieux,
Une femme au long voile, au bandeau précieux.
Deux hommes à la grande et belle chevelure
Se disputent près d'elle et se lancent l'injure.
Elle ne s'émeut pas de leurs combats ardents :
Tantôt jette sur l'un ses regards souriants,
Tantôt revient à l'autre ; et chacun d'eux sans cesse,
L'œil humide d'amour, implore sa tendresse.

Plus loin, un vieux pêcheur, sur un roc montueux,
Traînant de son filet les replis sinueux,
Se hâte, et se prépare à le jeter dans l'onde.
On sent de tout son corps la fatigue profonde ;

4.

Sa force se consume en efforts douloureux :
Ses veines ont gonflé sur son cou vigoureux ;
Sur sa tête blanchie est peinte la vieillesse ;
Mais digne est sa vigueur d'une mâle jeunesse.

Une vigne aux fruits mûrs, non loin du vieux marin,
Se courbe sous la pourpre et sous l'or du raisin.
Un jeune enfant la garde, assis sous une haie ;
Près de lui, deux renards : l'un d'eux, que rien n'effraie,
Pille les raisins mûrs ; l'autre en veut au dîné
Que dans la panetière il voit emprisonné,
Et c'est, à part lui-même, une chose promise
De ne la point quitter qu'à sec il ne l'ait mise.
Cependant, enlaçant des pailles et des joncs,
Aux cigales l'enfant prépare des prisons ;
Il a tout oublié, raisins et panetière,
Tant il prend de plaisir à sa tresse légère.

Une acanthe flexible embrasse ce tableau :
L'Éolide jamais n'a rien vu de plus beau ;
Ton cœur sera surpris, malgré cette louange.
Un Calydonien, un pilote, en échange,
De lait durci reçut un immense gâteau ;
Une chèvre pour lui délaissa mon troupeau.
Je garde cette coupe à tous les yeux cachée,
Et jamais de ma lèvre elle ne fut touchée.
Eh bien, avec bonheur je te la donnerai,
Si tu chantes, ami, ton hymne désiré.
Allons, tu ne crains point une oreille envieuse ;
Ne garde pas tes chants pour la rive oublieuse.

## THYRSIS.

Commencez vos concerts, Muses que je chéris.
Je suis Thyrsis, ma voix est la voix de Thyrsis.

Nymphes, lorsque Daphnis succombait de tristesse,
Quels lieux vous retenaient, quelle onde enchanteresse ?
Le Pénée ou le Pinde, en leurs vallons touffus ?
Vous aviez délaissé le grand fleuve Anapus,
Le mont Etna, d'Acis les ondes vénérées.

Commencez vos concerts, ô Muses adorées.

Sur sa mort les chacals et les loups gémissaient ;
Sur sa mort, dans les bois, les lions rugissaient.

Commencez vos concerts, ô Muses adorées.

Ses génisses, ses bœufs et ses mille taureaux,
Aux pieds de leur berger vinrent pleurer ses maux.

Commencez vos concerts, ô Muses adorées.

Mercure, le premier, vint et dit : « Quels malheurs,
Daphnis, quelles amours te font verser ces pleurs ? »

Commencez vos concerts, ô Muses adorées.

Les bouviers, les bergers, les pâtres des chevreaux,
Tous vinrent, demandant le sujet de ses maux.
Priape vint lui-même, et dit avec tendresse :

« Infortuné Daphnis, pourquoi cette tristesse ?
La jeune fille court les eaux, les bois profonds. »

Muses que je chéris, commencez vos chansons.

« Par les bois, par les eaux, poursuis sa trace aimable ;
Ton cœur est par trop froid et par trop indomptable.
Jusqu'à présent, Daphnis, on t'appelait bouvier ;
Te voilà maintenant semblable au chevrier.
Le chevrier, des boucs voyant la folle ivresse,
Regrette d'être un homme et languit de tristesse. »

Commencez vos concerts, ô Muses, mes amours.

« Toi, tu languis, voyant sourire les bergères,
Parce que tu n'es pas de leurs danses légères. »
Le bouvier se taisait ; de ses tristes amours,
Suivant l'ordre divin, il achevait le cours.

O Muses, commencez la chanson pastorale.

Cypris vint et lui dit, souriante, amicale,
Cachant sous un sourire une grande fureur :
« Tu devais de l'Amour braver la loi fatale ;
N'est-ce donc pas l'Amour qui fait plier ton cœur ? »

O Muses, commencez la chanson pastorale.

De Daphnis en ces mots la colère s'exhale :
« O cruelle Cypris, odieuse Cypris,
Cypris, ô des humains la haine générale,

Le soleil va, dis-tu, se coucher pour Daphnis :
Daphnis brave l'Amour aux rives infernales. »

O Muses, commencez vos chansons pastorales.

« Un bouvier à Cypris... Va sur le mont Ida,
Vers Anchise, le chêne et le cyprès sont là.
Adonis est aussi dans le printemps de l'âge :
Il mène ses brebis brouter l'herbe sauvage ;
Il va chasser le lièvre, et ses rapides traits
Frappent, sans s'égarer, les hôtes des forêts. »

Commencez vos concerts, chantez, Muses divines.

« Va, rejoins Diomède, et lui dis, ô Cypris :
« Viens lutter avec moi ; j'ai su vaincre Daphnis. »

Commencez vos concerts, chantez, Muses divines.

« Adieu, loups et chacals, ours des hautes collines ;
Vous ne me verrez plus dans les vertes forêts,
Plus dans les bois sacrés, dans les bosquets épais.
Adieu, belle Aréthuse, et vous, fleuves rapides,
Qui du haut du Thymbris versez vos flots limpides. »

O Muses, commencez vos concerts pastoraux.

« Moi, Daphnis, dans ces champs conduisais mes taureaux ;
Moi, Daphnis, les guidais aux eaux de ces prairies. »

Commencez vos concerts, chantez, Muses chéries.

« Que tes pas du Lycée, ô Pan, dieu des pasteurs,
Ou du vaste Ménale occupent les hauteurs,
O Pan, ô Pan, accours dans l'île de Sicile ;
De l'illustre Hélicas abandonne la ville,
Du fils de Lycaon le sépulcre fameux,
Monument colossal et qu'honorent les dieux. »

Cessez, Muses, cessez la chanson pastorale.

« Viens recevoir, ô Pan, ma flûte sans rivale :
Une cire odorante assemble ses tuyaux ;
Mes lèvres ont donné leurs plis à ces pipeaux.
Oh ! viens : l'Amour m'entraîne aux rives infernales. »

Cessez, Muses, cessez vos chansons pastorales.

« O buissons épineux, acanthes, maintenant,
Portez la violette ; ô narcisse brillant,
Sur le genévrier montre ta chevelure ;
Daphnis meurt : que tout soit changé dans la nature ;
Que la poire mûrisse au sommet des pins verts ;
Que les chiens soient au bois déchirés par les cerfs ;
Que le hibou des monts au rossignol s'égale. »

Cessez, Muses, cessez, la chanson pastorale.

Il dit, et meurt. Vénus veut ranimer ses jours :
Mais la Parque cruelle en a tranché le cours ;
Daphnis franchit déjà le torrent aux eaux sombres.
Ainsi fut englouti dans l'abîme des ombres
Cet ami des neuf Sœurs et des Nymphes des champs.

O Muses, mes amours, cessez, cessez vos chants.

Et toi, donne la coupe à mes chansons promise ;
Que ta chèvre à ta voix laisse là le cytise :
J'offrirai son lait pur aux déesses des vers.
Adieu, Muses, adieu ; j'espère que mes airs,
Muses, pourront un jour vous charmer davantage.

### LE CHEVRIER.

Puisse de miel, Thyrsis, puisse de miel sauvage
Ta bouche harmonieuse à jamais se remplir !
De figues d'Ægilus puisses-tu te nourrir !
Car moins doux que tes chants sont ceux de la cigale.
Voici la coupe : ami, quel parfum s'en exhale !
On la croirait plongée en l'onde des Saisons.
Viens, Cissèthe : berger aux divines chansons,
Trais-la. Bondissez moins, chèvres voluptueuses ;
Redoutez de ces boucs les fureurs amoureuses.

Novembre 1850.

# IDYLLE II.

## LA MAGICIENNE.

Thestylis, donne-moi mes lauriers, mon poison ;
Étends sur ce cratère une rouge toison :
Je veux contre un ingrat essayer la magie ;
Depuis douze soleils le perfide m'oublie ;
Il ne sait si je meurs ou si je vois le jour ;
Mon seuil reste muet. Aphrodite et l'Amour
Ont ailleurs égaré sa pensée inquiète.
Au gymnase demain, j'irai dans Timagète ;
Je veux le voir, je veux lui peindre mes tourments.
Maintenant j'essaierai de mes enchantements.
O Lune, fais briller ta lumière éclatante :
Calme divinité, c'est pour toi que je chante,
Hécate souterraine, effroi même des chiens,
Lorsque dans un sang noir, sombre et pâle, tu viens
Sur les tombeaux des morts respirer le carnage.
Salut, terrible Hécate, assiste à mon ouvrage ;
Que j'égale en poisons, contre cet insensé,
La blonde Périmède, et Médée, et Circé !

Oiseau sacré de la magie.
Ramène près de moi l'ingrat qui m'a trahie.

Je fais brûler d'abord l'orge dans le brasier :
O Thestylis, répands le vase tout entier.
Hélas! de tes esprits quel délire s'empare ?
Serais-je aussi ta proie et ton jouet, barbare ?
Allons vite, répands, et prononce ces mots :
« De l'odieux Delphis je jette ici les os. »

     Oiseau sacré de la magie,
Ramène près de moi l'ingrat qui m'a trahie.


Delphis a mis la mort dans mon cœur tout entier :
Moi, sur Delphis ici je brûle ce laurier ;
De même qu'il s'enflamme et tout à coup pétille,
Et de même qu'il brûle en même temps qu'il brille,
Et que sa cendre aux yeux s'évanouit dans l'air :
Que de Delphis ainsi le feu brûle la chair.

     Oiseau sacré de la magie,
Ramène près de moi l'ingrat qui m'a trahie.


Aussi rapidement que je fais fondre au feu
Cette cire magique avec l'aide d'un dieu :
Du Myndien Delphis que l'amour fonde l'âme.
Tel ce disque d'airain, léger comme une flamme,
Tourne, se précipite, et ne s'arrête pas :
Qu'Aphrodite vers moi précipite ses pas.

     Oiseau sacré de la magie,
Ramène près de moi l'ingrat qui m'a trahie.

Diane, maintenant je vais brûler le son.
Certes, tu fléchirais Rhadamante et Pluton,
O Diane : pour toi la victoire est facile.
Thestylis, entends-tu les chiennes par la ville,
Aboyer ? La déesse est dans les carrefours.
Fais retentir l'airain, seconde mes amours.

Oiseau sacré de la magie,
Ramène près de moi l'ingrat qui m'a trahie.

La mer se tait ; les vents se taisent dans les cieux :
Comme eux, hélas ! mon cœur n'est pas silencieux ;
La douleur ne dort point dans le fond de mon âme ;
Je brûle pour celui qui m'a rendue infâme,
Infâme au lieu d'épouse, et qui m'a tout ôté,
Le bonheur, et l'honneur, et la virginité.

Oiseau sacré de la magie,
Ramène près de moi l'ingrat qui m'a trahie.

Par trois libations je te conjurerai,
Déesse vénérable, et trois fois je dirai :
« Qu'une femme ou qu'un homme occupe sa pensée,
Qu'il l'oublie à l'instant, comme autrefois Thésée,
Oubliant dans Naxos ses serments redoublés,
Laissa seule Ariane aux longs cheveux bouclés. »

Oiseau sacré de la magie,
Ramène près de moi l'ingrat qui m'a trahie.

L'hippomane verdit chez les Arcadiens ;
Par elle on voit, fougueux, sans règles et sans freins,
Cavales et coursiers bondir dans les montagnes :
Tel, que Delphis bientôt, à travers les campagnes,
Ainsi qu'un furieux précipitant ses pas,
De la grasse palestre accoure dans mes bras.

Oiseau sacré de la magie,
Ramène près de moi l'ingrat qui m'a trahie.

De son manteau Delphis perdit cet ornement :
Je veux qu'il serve aussi pour mon enchantement ;
Je le jette, effilé, dans la flamme sauvage.
Ainsi qu'une sangsue, hôte du marécage,
Hélas ! Amour cruel, pourquoi, me saisissant,
T'attacher à mon corps et sucer tout mon sang ?

Oiseau sacré de la magie,
Ramène près de moi l'ingrat qui m'a trahie.

J'écrase ce lézard, pour te porter demain
Un breuvage infernal préparé de ma main.
Thestylis, en secret frotte avec ce suc d'herbe
La porte où mon amour implore le superbe :
Il ne s'en émeut pas ; va, crache, et dis ces mots :
« De l'odieux Delphis je frotte ici les os. »

Oiseau sacré de la magie,
Ramène près de moi l'ingrat qui m'a trahie.

Seule à présent, comment déplorer mes malheurs ?
Par où commencerai-je ? A qui dois-je mes pleurs ?
La fille d'Eubulus, Anaxo, canéphore,
Vers le bois de Diane avait suivi l'aurore ;
De toutes parts marchaient des animaux nombreux,
Et même une lionne était au milieu d'eux.

Apprends, ô vénérable Lune,
Comment vint mon amour avec mon infortune.

La nourrice de Thrace, habitant dans ces lieux,
Theumaris, maintenant parmi les bienheureux,
Me pria, supplia, d'aller voir le cortége :
Infortunée, hélas ! je fus prise à ce piége :
Je la suivis, portant mon habit le plus beau,
Ayant de Cléariste emprunté le manteau.

Apprends, ô vénérable Lune,
Comment vint mon amour avec mon infortune.

Au milieu de la route, auprès de chez Lycus,
Je vis passer Delphis avec Eudamippus.
Leur barbe était dorée ainsi qu'un hélicryse ;
O Lune, plus que toi durant une nuit grise,
Leur poitrine brillait, car à peine tous deux
Ils sortaient du gymnase et de ses nobles jeux.

Apprends, ô vénérable Lune,
Comment vint mon amour avec mon infortune.

Je le vis, et dès lors commença mon malheur;
Dès lors un coup de foudre anéantit mon cœur:
Ma beauté fut flétrie, et tout fuit à ma vue;
J'ignore à la maison comment je fus rendue :
La fièvre ravagea mon corps et mon esprit;
Dix jours, dix nuits, hélas! je gémis dans mon lit.

Apprends, ô vénérable Lune,
Comment vint mon amour avec mon infortune.

Tout mon corps avait pris la couleur du thapsos;
Ma peau seule restait, livide, sur mes os;
Tous mes cheveux tombaient. Hélas! dans ma détresse,
Chez qui n'allai-je point? et quelle enchanteresse,
Quelle vieille, ignora le mal qui me rongeait?
Le temps fuyait toujours : rien ne me soulageait.

Apprends, ô vénérable Lune,
Comment vint mon amour avec mon infortune.

A mon esclave enfin je dis la vérité :
« Va, Thestylis, guéris un cœur trop agité.
Hélas! le Myndien tout entière m'embrase :
Cours, vole à Timagète, erre autour du gymnase;
Delphis y va souvent, là tu pourras le voir,
Car c'est là qu'il se plaît, là qu'il aime à s'asseoir. »

Apprends, ô vénérable Lune,
Comment vint mon amour avec mon infortune.

« Quand tu le verras seul, fais-lui signe, dis-lui :
» Simétha te demande, » et qu'il vienne aujourd'hui. »
Je dis ; elle me quitte, et bientôt me ramène
Delphis resplendissant, qui se contient à peine.
Dès que je l'aperçus, éperdu, sans raison,
Franchir d'un pied léger le seuil de ma maison,

    Apprends, ô vénérable Lune,
Comment vint mon amour avec mon infortune.

Je me sentis glacée, et pourtant la sueur
Couvrait mon front, pareille à la rosée en pleur ;
Je ne pouvais parler plus que ne peut le faire
Un enfant qui murmure en rêvant de sa mère :
Tout mon sang se figea devant mon bien-aimé ;
Mon beau corps n'était plus qu'un marbre inanimé.

    Apprends, ô vénérable Lune,
Comment vint mon amour avec mon infortune.

Le cruel, me voyant, baissa ses yeux si beaux,
Vint s'asseoir sur mon lit, et m'adressa ces mots :
« Tu devances mon cœur, comme je fis naguère
Le charmant Philinus à la course légère,
En m'appelant vers toi, ma chère Simétha,
Sans que j'y sois venu de moi-même déjà. »

    Apprends, ô vénérable Lune,
Comment vint mon amour avec mon infortune.

« Car j'y serais venu, de par le doux Amour,
Aussitôt que la nuit aurait chassé le jour ;
J'y serais venu, certe, avec deux ou trois hommes,
De Bacchus dans mon sein portant les douces pommes,
D'Hercule ayant au front le peuplier sacré,
Tout enlacé de nœuds par un feston pourpré. »

Apprends, ô vénérable Lune,
Comment vint mon amour avec mon infortune.

« Si tu m'avais reçu, que de ravissements !
Je suis léger et beau parmi les jeunes gens.
Si seulement j'avais baisé ta belle bouche,
Content, j'aurais dormi ; mais si, beauté farouche,
Tu m'avais fui, tirant le verrou devant moi,
La hache et les flambeaux m'auraient conduit vers toi. »

Apprends, ô vénérable Lune,
Comment vint mon amour avec mon infortune.

« Mais je dois maintenant rendre grâce à Cypris ;
Après Cypris, c'est toi qui dans le feu m'a pris,
Et qui m'as appelé dans ta maison, ô femme,
A demi consumé par l'amoureuse flamme :
Car l'Amour dans les cœurs allume un feu soudain,
Plus terrible souvent qu'à Lipara Vulcain. »

Apprends, ô vénérable Lune,
Comment vint mon amour avec mon infortune

« La vierge à ses fureurs quitte un foyer jaloux ;
Et l'épouse, le lit encor chaud de l'époux. »
Il dit ; je pris sa main, ma tendresse crédule
Sur mes coussins moelleux l'entraîna sans scrupule :
Nos visages, nos corps, aussitôt s'enflammant,
Ce ne fut plus bientôt qu'un murmure charmant.
Que te dirai-je encore, ô Lune bien-aimée ?
Le grand mystère eut lieu, notre ardeur fut calmée.


Nous nous trouvions heureux, lui par moi, moi par lui ;
Tout allait bien hier : mais, hélas ! aujourd'hui,
Mélixo, Philista, ma joueuse de flûte,
Votre mère aux douleurs a mis mon cœur en butte ;
Hélas ! elle m'a dit, à cette heure où, d'un bond,
Les cavales, sortant de l'Océan profond,
Emportent vers le ciel l'Aurore aux bras de roses,
Que Delphis aime ailleurs, et beaucoup d'autres choses
Est-ce une femme, un homme ? elle ne le sait pas ;
Mais elle sait ceci : dans un joyeux repas,
D'un vin pur à grands traits il but à sa tendresse,
Puis couronna de fleurs la porte enchanteresse.
Cette femme l'a dit, et certes, je le crois :
Car jadis il venait trois et quatre fois ;
Même il laissait souvent son flacon de Doride :
Depuis douze soleils je n'ai vu le perfide.
C'est donc bien qu'il m'oublie, et qu'il s'amuse ailleurs.
Maintenant j'essaierai des philtres enchanteurs ;
Mais s'il m'afflige encor, par les Parques fatales,
Il s'en ira frapper aux portes infernales :

Tel est le noir poison d'un hôte assyrien,
Qu'en ce coffret pour lui je conserve si bien.


Dirige tes coursiers vers l'Océan sonore,
O reine : j'ai souffert, je puis souffrir encore.
Adieu, Lune brillante, et vous, astres des cieux,
Qui suivez de la nuit le char silencieux.


11-15 décembre 1857.

5.

# IDYLLE XVIII.

## ÉPITHALAME D'HÉLÈNE.

Chez le blond Ménélas, dans Sparte, avec ardeur,
Les cheveux couronnés d'hyacinthes en fleur,
Douze vierges, orgueil de leur ville natale,
Entourèrent de chœurs la chambre-nuptiale,
Dès que le jeune Atride, heureux et fier époux,
Sur la charmante Hélène eut tiré les verroux.
Elles dansaient, chantaient, célébraient la journée ;
Et toute la maison répétait : Hyménée.

Tu t'enfermes déjà, tu fuis, ô cher époux ?
Est-ce amour du sommeil, faiblesse des genoux ?
Ou bien as-tu trop bu ? Certes, vers ta demeure
Tu pouvais, pour dormir, retourner de bonne heure ;
Mais tu devais laisser l'enfant jusqu'au matin
A sa mère, à ses sœurs, au bonheur enfantin :
Car elle est ton épouse, elle n'est plus des nôtres,
Et ce soir et demain, cette année et les autres.

Heureux époux, un dieu seconda tes travaux,
Lorsque tu vins à Sparte avec tant de rivaux.

Parmi les demi-dieux toi seul as pour beau-père
Jupiter, fils du Temps, et maître de la terre.
Sous les mêmes tapis sa fille est dans tes bras,
Si belle, que jamais, jamais pareils appas
Ne foulèrent le sol de l'Achaïe entière.
Les enfants seront grands, s'ils tiennent de leur mère.


Près d'elle nous étions deux cent quarante sœurs ;
Aux bords de l'Eurotas nous courions dans les fleurs ;
L'huile dorait nos corps : mais Hélène est si belle,
Que toutes nos beautés pâlissaient devant elle.


Telle paraît l'Aurore aux rayons éclatants,
Lorsque, l'hiver fini, renaît le blanc printemps :
Aussi belle que l'or, telle brillait Hélène.
Une riche moisson est l'honneur de la plaine :
Un jardin pour parure a les cyprès altiers ;
De Thessalie aux chars on aime les coursiers :
Ainsi Lacédémone, avant toute autre chose,
Avait pour ornement Hélène au teint de rose.


De plus charmants travaux emplit-on son panier ?
Quelqu'un sait-il, parmi les détours du métier,
Tisser avec plus d'art, et, tournant la navette,
Couper des longs montants une toile mieux faite ?
Touche-t-on la cithare avec plus de douceur,
En célébrant Diane et Minerve au grand cœur ?
Non, il n'est parmi nous personne qui surpasse
Hélène aux yeux charmants, pleins d'amour et de grâce.

Jeune et douce beauté, te voilà femme enfin;
Et nous irons sans toi courir dès le matin,
Rassembler, à travers les herbes des prairies,
Les suaves parfums des couronnes fleuries,
Te regrettant, Hélène, ainsi qu'un tendre agneau,
Le lait de la brebis qui nourrit le troupeau.
En couronne pour toi tressant un lotus tendre,
Sur un platane ombreux nous irons le suspendre;
Notre flacon d'argent pour toi se videra;
Sous le platane ombreux l'huile à flots coulera;
Nous graverons ces mots : « Je suis l'arbre d'Hélène;
Honorez-moi suivant la mode dorienne. »

Nymphe, réjouis-toi; noble époux, sois heureux.
Que Latone vous donne enfants beaux et nombreux;
Que Cypris de vos cœurs enflamme les tendresses;
Que Jupiter vous comble à jamais de richesses
Dignes d'un père illustre et d'illustres enfants.

Sur le sein l'un de l'autre, heureux et triomphants,
Dormez : que le désir, que l'amour vous dévore;
Mais soyez éveillés au retour de l'Aurore.
Nous reviendrons ici dès que le jour naîtra,
Quand l'oiseau matinal sur son lit chantera,
Redressant fièrement sa tête couronnée.

Allons, réjouis-toi, viens, Hymen, Hyménée.

25-27 décembre 1857.

# IDYLLE XIX.

## LE VOLEUR DE MIEL.

L'Amour dans un essaim volait du miel un jour ;
Une méchante abeille, alors piquant l'Amour,
Lui fit au bout des doigts une blessure amère.
Il souffla sur ses mains, frappa du pied la terre,
Bondit, puis à Vénus alla montrer son mal,
Se plaignant que l'abeille, un si frêle animal,
Pût faire cependant une douleur pareille.
« Ne ressembles-tu pas toi-même à cette abeille ?
Lui dit sa mère, avec un sourire moqueur :
Petit enfant, tes coups sont terribles au cœur. »

27 décembre 1857.

# IDYLLE XXVII.

## L'OARISTYS.

### DAPHNIS ET UNE JEUNE FILLE.

**LA JEUNE FILLE.**

Un bouvier comme toi prit Hélène jadis.

**DAPHNIS.**

C'est Hélène à présent qui baise son Pâris.

**LA JEUNE FILLE.**

Un baiser, ce n'est rien : ne sois pas fier, satyre.

**DAPHNIS.**

Ah ! ce rien est plus doux que tout ce qu'on peut dire.

**LA JEUNE FILLE.**

Je me lave la bouche, et crache ton baiser.

DAPHNIS.

Tu te laves ? viens donc, je vais recommencer.

LA JEUNE FILLE.

Va-t'en, laisse une vierge, embrasse ta génisse.

DAPHNIS.

La jeunesse est un songe : il faut qu'elle finisse.

LA JEUNE FILLE.

La rose et les raisins se gardent volontiers.

DAPHNIS.

Je veux te dire un mot, viens sous les oliviers

LA JEUNE FILLE.

Non, non : je ne crois plus ta langue insidieuse.

DAPHNIS.

Viens ouïr sous l'ormeau ma flûte harmonieuse.

LA JEUNE FILLE.

Prends-y plaisir : tes chants sont pour moi sans attraits.

DAPHNIS.

Enfant, ah ! de Vénus redoute aussi les traits.

LA JEUNE FILLE.

Peu m'importe Vénus : Diane me protége.

DAPHNIS.

Ah ! tais-toi, crains ses coups, crains de tomber au piége.

LA JEUNE FILLE.

Qu'elle frappe à son gré : Diane me conduit.

DAPHNIS.

Crois-tu donc fuir l'Amour, que nulle autre ne fuit ?

LA JEUNE FILLE.

J'en ris, par le dieu Pan : à toi son esclavage.

DAPHNIS.

Je crains qu'il ne te donne à quelque époux sauvage.

LA JEUNE FILLE.

Beaucoup m'ont recherchée, et nul ne fut vainqueur.

DAPHNIS.

Je viens ici comme eux, et j'aspire à ton cœur.

LA JEUNE FILLE.

Ami, le mariage a des peines immenses.

DAPHNIS.

Ni peines, ni chagrins, il n'a rien que des danses.

LA JEUNE FILLE.

Les femmes cependant tremblent sous leur époux.

DAPHNIS.

Ce sont elles plutôt qui les dominent tous.

LA JEUNE FILLE.

Je craindrais d'accoucher : Ilithye est farouche.

DAPHNIS.

Ta Diane protége, alors que l'on accouche.

LA JEUNE FILLE.

Je craindrais la grossesse : elle ôte la beauté.

DAPHNIS.

Tes enfants charmeront ton regard enchanté.

LA JEUNE FILLE.

Quelle serait ta dot pour un tel mariage ?

DAPHNIS.

A toi tout mon troupeau, mes bois, mon pâturage.

LA JEUNE FILLE.

Jure de ne pas fuir, ensuite, malgré moi.

DAPHNIS.

Par Pan, je resterai, même en dépit de toi.

LA JEUNE FILLE.

As-tu pour moi maison, chambres et bergerie ?

DAPHNIS.

J'ai des chambres pour toi, des bœufs dans la prairie.

LA JEUNE FILLE.

Que dire à mon vieux père en cette occasion ?

DAPHNIS.

Il approuvera tout, quand il saura mon nom.

LA JEUNE FILLE.

Ce nom, dis-le-moi donc : un nom souvent peut plaire.

DAPHNIS.

Je m'appelle Daphnis ; Lycidas est mon père.

LA JEUNE FILLE.

Ta famille est illustre, et ma famille aussi.

DAPHNIS.

Ton père est Ménalcas, on le connaît ici.

LA JEUNE FILLE.

Montre où ton bois se trouve, où l'étable est placée.

DAPHNIS.

Ici, vois mes cyprès à la tige élancée.

LA JEUNE FILLE.

Broutez, chèvres, je vais aux champs de mon berger.

DAPHNIS.

Paissez, taureaux, je vais lui montrer mon verger.

LA JEUNE FILLE.

Satyre, que fais-tu ? tu touches mes mamelles ?

DAPHNIS.

Je voulais voir combien ces deux pommes sont belles.

LA JEUNE FILLE.

Je frissonne, par Pan : ah ! retire ta main.

DAPHNIS.

Que crains-tu, chère fille, et quel effroi soudain ?

**LA JEUNE FILLE.**

Je suis dans le fossé ; ma tunique est perdue.

**DAPHNIS.**

Vois la molle toison sous ta robe étendue.

**LA JEUNE FILLE.**

Arracher, délier ma ceinture à présent ?

**DAPHNIS.**

O reine de Paphos, c'est mon premier présent.

**LA JEUNE FILLE.**

J'entends du bruit ; arrête, on vient : infortunée !

**DAPHNIS.**

Non ; ces cyprès entre eux disent ton hyménée.

**LA JEUNE FILLE.**

Mes habits déchirés ! et je suis nue ici !

**DAPHNIS.**

Je t'en donnerai, moi, de plus beaux que ceux-ci.

**LA JEUNE FILLE.**

Pas même un grain de sel, peut-être, pour ta femme.

DAPHNIS.

Que ne puis-je t'offrir et mon sang et mon âme !

LA JEUNE FILLE.

J'ai fait mal ; ô Diane, apaise ton mépris.

DAPHNIS.

Amour, une génisse ! une vache à Cypris !

LA JEUNE FILLE.

Vierge je suis venue, et je retourne infâme.

DAPHNIS.

Tu seras maintenant mère, nourrice et femme.


Ainsi de leur jeunesse usaient les deux amants,
Mêlant les doux ébats aux murmures charmants ;
Ils sortirent enfin de la couche furtive.
Vers son troupeau paissant la bergère craintive
Revint, les yeux baissés, heureuse au fond du cœur ;
Lui, rejoignit ses bœufs, triomphant et vainqueur.


                    16 décembre 1857.

# POÉSIES

## DE SAPHO.

# POÉSIES

## DE SAPHO.

### I.

### A APHRODITE.

Immortelle Aphrodite, adorée en tous lieux,
Fille de Jupiter, en intrigues savante,
Ne dompte point mon cœur sous le malheur affreux :
     La douleur m'épouvante.

Mais, reine auguste, viens, oh ! viens comme jadis,
Écoutant de mes vœux la voix mélodieuse,
Tu délaissas l'Olympe, et vers moi descendis,
     Déesse radieuse,

6

Assise dans ton char tout éblouissant d'or ;
Tes beaux oiseaux, du haut des palais de ton père,
Faisant tournoyer l'air dans leur rapide essor,
    T'apportaient sur la terre.

Ils s'abattirent : toi, tu me vins doucement
Demander, souriant de ta lèvre sacrée,
Pourquoi je t'appelais, quel était le tourment
    De mon âme ulcérée ;

Dans quel rêve fiévreux j'aimais à m'égarer ;
Quels étaient mes désirs, qui mon cœur en furie
Dans un nouvel amour s'efforçait d'attirer :
    « Sapho, qui t'injurie ?

» S'il t'évite, bientôt il te recherchera ;
S'il repousse tes dons, il t'en fera, sois sûre ;
Et s'il ne t'aime point, bientôt il t'aimera,
    Malgré toi, sans mesure. »

Oh ! viens donc à présent, soulage mes esprits ;
Brise de mes tourments la chaîne déplorable :
Ce que mon cœur souhaite, accomplis-le, Cypris,
    Et sois-moi favorable.

4 mars 1852.

## II.

### A L'AIMÉE.

Il me semble être égal aux dieux,
L'homme qui près de toi respire
Entend les sons mélodieux
    Que ta voix soupire ;

A qui tu souris mollement.
Dans mon sein mon âme abattue
Se bouleverse affreusement,
    Dès que je t'ai vue :

Ma langue sans voix s'épaissit ;
D'un feu subtil je suis atteinte ;
Il glisse ; mon œil s'obscurcit ;
    Mon oreille tinte ;

Et la sueur glace ma peau ;
Et je frissonne, plus pâlie
Qu'une herbe sèche du coteau,
    Sans souffle et sans vie.

Le repos est mauvais pour moi;
J'aime trop le repos futile :
Le repos perdit plus d'un roi
Et plus d'une ville.

3 mars 1852.

### III.

Loin de moi mes fuseaux et ma trame légère !
Aphrodite à son joug puissant
M'a soumise, ô ma tendre mère :
Un amour effréné pour un adolescent
Me brûle tout entière.

30 novembre 1857.

### IV.

Plus de Pléiades, plus de lune ;
Il est minuit, le ciel est noir :
Et je suis seule, hélas ! dans ma couche importune,
Avec mon désespoir.

30 novembre 1857.

6.

## V.

L'Amour, à qui tout cède, et me trouble et m'agite :
Oiseau cruel et doux, personne ne l'évite.
Je ne suis plus pour toi qu'un objet de mépris,
Athis : par Andromède, hélas ! ton cœur est pris.

30 novembre 1857.

## VI.

Diras-tu par quel art magique
Cette femme grossière a pu charmer ton cœur ?
Elle ne sait pas même, avec un air vainqueur,
Faire à ses pieds flotter les plis de sa tunique.

30 novembre 1857.

## VII.

Chères beautés, toujours mon cœur vous est fidèle.
L'amour trouble mon cœur comme un vent furieux,
Un vent des monts; courbant les chênes dans les cieux.
C'est Mnasis qui me plaît, car Gyrine est moins belle.

3 décembre 1857.

## VIII.

Iesper, à ta lueur tu rassembles encore
Tout ce qu'a dispersé le retour de l'aurore.
Moi, j'aime la nuit noire et l'amour enchanté;
Le soleil lumineux a pourtant sa beauté.

3 décembre 1857.

## IX.


Que vers Chypre ou Paphos, ô Vénus, tu te penches,
        Reçois mes adorations :
Je viens sur ton autel t'offrir des chèvres blanches,
        Vénus, et des libations.

J'apporte à tes genoux des étoffes, des laines
        D'une pourpre éclatante aux yeux :
Ne les méprise pas, quoique les Phocéennes
        T'aient fait des dons plus précieux.

2 janvier 1858.


## X.


Cher ami, laisse-moi te regarder en face :
Qu'à mes yeux éblouis brille toute ta grâce.

3 décembre 1857.

## XI.

Un délicieux songe occupant mes esprits,
J'ai dormi dans les bras de la belle Cypris.

4 décembre 1857.

## XII.

Je ne suis pas de ceux qui gardent la colère :
Je suis d'un esprit simple, et ne cherche qu'à plaire.

3 décembre 1857.

## XIII.

Virginité sacrée, où fuis-tu loin de moi ?
Je ne reviendrai plus, jamais, jamais, vers toi.

3 décembre 1857.

## XIV.

O lyre, inspire-moi d'harmonieux concerts :
A ces chères beautés je veux chanter des vers.

2 janvier 1858.

## XV.

Que de fleurs, ô Dica, se couronne ta tête ;
Cueille d'un doigt charmant l'aneth délicieux :
Une fleur embellit, et les Grâces font fête
A la beauté qui met des fleurs dans ses cheveux.

3 décembre 1857.

## XVI.

Le cratère était plein d'une liqueur choisie ;
Mercure prit le vase et versa l'ambroisie :
Et tous les dieux, vidant leurs coupes à grands traits,
Pour le nouvel époux formaient mille souhaits.

Ouvriers, exhaussez la porte fortunée :
      Hyménée, hyménée !
Semblable à Mars, l'époux s'avance vers ces lieux,
      Hyménée, hyménée !
Plus grand que le guerrier le plus majestueux.

Heureux époux, la noce est enfin terminée :
Tu possèdes la vierge, objet de tous tes vœux.

Je t'aime, jeune époux, car tu sauras défendre
      Ce fragile roseau.
Nymphe, réjouis-toi ; réjouis-toi, mon gendre :
Certes, ma fille est belle, il n'est rien de si beau.

Tout en elle est charmant ; c'est ma Claïs chérie,
Plus belle que les fleurs et plus belle que l'or :
Mon amour maternel, fier d'un pareil trésor,
Ne le changerait pas pour toute la Lydie.

                3 décembre 1857

## XVII.

Viens, Cypris, viens encor
Dans le festin splendide :
Verse un nectar limpide
En nos cratères d'or.

2 décembre 1857.

## XVIII.

Venez, Muses, quittez le séjour radieux ;
Venez, Grâces ; venez, Muses aux beaux cheveux ;
Chastes Grâces aux bras de roses,
Filles de Jupiter, maître de toutes choses,
Écoutez mes vœux.

30 novembre 1857.

## XI.

O Muse au trône d'or, répète-nous les chants,
Qu'à Téos, beau pays fécond en belles femmes,
Le vieillard vénérable aux sublimes accents
    Chantait pour charmer les âmes.

2 décembre 1857.

## XX.

Tu mourras, tu gîras sous la terre sans gloire ;
Et soudain, à jamais s'éteindra ta mémoire :
Car tu n'as pas cueilli des roses au Piérus.
Parmi les morts obscurs une fois envolée,
Tu ne seras qu'une ombre errante et désolée,
    Inconnue, au palais d'Orcus.

2 décembre 1857.

## XXI.

Souvent un fruit rougit au plus haut des rameaux ;
Une pomme se cache, et n'est jamais atteinte :
Et tous les jours bergers foulent sur les coteaux
    Les fleurs pourpres de l'hyacinthe.

3 décembre 1857.

## XXII.

Adonis ! Adonis ! l'implacable trépas,
Cythérée, a fermé ses paupières charmantes :
Jeunes filles, pleurez, meurtrissez vos appas ;
Pleurez, et déchirez vos tuniques traînantes.

4 décembre 1857.

## XXIII.

Les vierges aussitôt, bondissant en cadence,
Entourèrent l'autel de leur légère danse,
Tout en cherchant, parmi la mousse et le gazon,
Les tendres fleurs, trésor de la jeune saison.

4 décembre 1857.

## XXIV.

La belle lune est solitaire :
Chaque étoile, autour d'elle aussitôt pâlissant,
Disparaît, quand au plein elle éclaire la terre
De ses rayons d'argent.

2 décembre 1857.

## XXV.

Une onde froide et pure
Dans les arbres murmure,
La feuille tremble au vent,
Et le sommeil descend.

2 décembre 1857.

## XXVI.

Des colombes timides
Le cœur se refroidit :
Leurs ailes, moins rapides,
Tombent ; leur corps languit.

30 novembre 1857

## XXVII.

L'homme qui n'est que beau, charme l'œil un moment :
Un homme sage et bon est à jamais charmant.

30 novembre 1857.

## XXVIII.

Lorsque d'un noir courroux tu sens ton cœur brûler,
Garde-toi de parler.

3 décembre 1857.

## XXIX.

Méniscus, la douleur dans l'âme,
Au tombeau de son fils, Pélagon, le pêcheur,
Fit mettre une nasse, une rame,
Monuments de son dur labeur.

3) novembre 1857.

## XXX.

La cendre de Timas repose en ce tombeau :
Les Parques ont tranché le fil de sa jeunesse,
Avant qu'elle ait d'hymen allumé le flambeau ;
Le fer en main, dans leur tristesse,
Les vierges, autrefois compagnes de ses jeux,
Sans trembler, sur sa tombe ont coupé leurs cheveux.

3) novembre 1857.

# LES MESSÉNIQUES

## DE TYRTÉE.

# LES MESSÉNIQUES

## DE TYRTÉE.

---

## MESSÉNIQUE I.

Mourir est beau, quand, plein d'une noble furie,
On tombe au premier rang, soldat de la patrie.
Mais quitter sa cité, quitter ses champs féconds,
Emmener mendier, comme des vagabonds,
Ses enfants et sa femme, et son père et sa mère,
C'est une déplorable et honteuse misère.
De tous ceux qu'il approche aussitôt détesté,
Celui que fait gémir la triste pauvreté,
Déshonore sa race, abaisse son visage,

7.

Et partout va suivi par l'opprobre et l'outrage.
Si donc pour cet infâme, errant de toutes parts,
Il n'est plus de respect, de pitié ni d'égards,
Défendons le pays vaillamment et sans crainte,
Mourons pour nos enfants, sans regret et sans plainte.
Jeunes gens, combattez, pressés avec ardeur;
N'allez pas fuir, saisis d'une honteuse peur;
Nourrissez dans vos cœurs un sublime courage;
Méprisez l'existence, et luttez avec rage;
Ne fuyez pas, enfants, laissant derrière vous
Les vétérans, dont l'âge enchaîne les genoux.
Il est honteux de voir, couché dans la poussière,
Devant des jeunes gens, un vétéran de guerre,
Dont le temps a blanchi la barbe et les cheveux,
Exhaler tristement son souffle généreux,
Cachant, spectacle horrible, avec ses mains tremblantes,
De son corps dépouillé les nudités sanglantes :
Mais tout sied au jeune homme, alors que, dans sa fleur,
La jeunesse lui prête un éclat enchanteur ;
Chaque femme l'adore et chaque homme l'admire,
Toujours au premier rang, qu'il vive ou qu'il expire.
Affermissez vos pieds, guerriers, soyez ardents,
Courage, et mordez-vous la lèvre avec les dents.

6 décembre 1857.

# MESSÉNIQUE II.

Vous êtes les enfants de l'invincible Hercule ;
Jupiter est pour vous : que pas un ne recule ;
Ne vous effrayez pas des ennemis nombreux ;
Dressez vos boucliers, au premier rang, contre eux ;
Méprisez l'existence, et que la nuit fatale
Aux rayons du soleil à vos yeux soit égale.
Mars promet des lauriers, s'il fait verser des pleurs :
Vous avez du combat affronté les fureurs ;
Vous avez fui d'abord, mais vous fîtes ensuite
Des mêmes ennemis une ardente poursuite.
Ceux qui vont, l'un de l'autre appuyant les efforts,
Combattre au premier rang, bravement, corps à corps,
Succombent moins nombreux, et sauvent tout le reste :
Le lâche a sur sa vie une tache funeste.
Qui pourrait raconter les supplices affreux
Que la honte réserve au déserteur peureux ?
Quelle horreur d'être atteint et frappé par derrière,
En fuyant du combat la plaine meurtrière !
Quelle honte de voir, sur le sable roulant,
Le dos d'un mort percé d'un javelot sanglant !
Tenez-vous d'un pied ferme appuyés sur la terre ;
Mordez avec vos dents votre lèvre guerrière ;

Que votre bouclier couvre de sa largeur,
Et la cuisse, et la jambe, et l'épaule, et le cœur ;
Brandissez dans la main votre lance terrible ;
Agitez sur vos fronts votre panache horrible ;
Apprenez à combattre, imitez les hauts faits ;
Sous votre bouclier ne fuyez pas les traits ;
Mais de près, corps à corps, du glaive et de la lance,
Attaquez l'ennemi qui contre vous s'élance ;
Le pied contre le pied l'un sur l'autre marchant,
Panaches confondus, boucliers se touchant,
Saisissez-le, luttez poitrine sur poitrine,
Et prenez-lui son glaive ou bien sa javeline.
Vous, de vos boucliers vous faisant un abri,
Soldats légers, lancez des pierres à grand cri ;
Et de près, brandissant la lance avec adresse,
Harcelez les guerriers armés de toute pièce.

8 décembre 1857.

# MESSÉNIQUE III.

Je ne parlerai pas d'un homme avec honneur,
Fût-il coureur agile ou robuste lutteur ;
Des Cyclopes eût-il et la taille et l'audace ;
Eût-il le pied plus prompt que l'aquilon de Thrace ;
Plus que Tithon fût-il admirable de corps ;
Dépassât-il Midas ou Cinyre en trésors ;
En puissance, Pélops, le fils du roi Tantale ;
À la voix d'Adrastas sa voix fût-elle égale ;
Excepté la valeur, eût-il tout autre éclat :
C'est un homme inutile au moment du combat,
S'il ne peut supporter la bataille sanglante,
Et s'il ne bondit pas dans la mêlée ardente.
La valeur, qui pour tous est le plus grand trésor,
Chez un jeune guerrier paraît plus belle encor.
Honneur de sa patrie et de la république,
Celui qu'au premier rang, toujours ferme et stoïque,
On voit, plein de dédain pour les fuyards peureux,
Exposer et sa vie et son cœur généreux,
Exciter son voisin par des paroles fières :
Celui-là, c'est un homme utile dans les guerres ;
Il fait fuir devant lui les plus braves soldats,
Calmant par son ardeur l'orage des combats.

S'il tombe au premier rang, privé de la lumière,
Il illustre la ville, et le peuple, et son père ;
Cent blessures partout couvrent avec honneur
Son large bouclier, sa cuirasse et son cœur ;
Des enfants, des vieillards, la douleur est égale ;
Toute la ville pleure une perte fatale ;
On respecte à jamais sa tombe et ses enfants,
Et les fils de ses fils, et tous ses descendants ;
Toujours vivants, son nom, sa gloire militaire,
Le rendent immortel, quoiqu'endormi sous terre :
Car Mars l'a renversé devant les ennemis,
Brave et ferme, luttant pour sa ville et ses fils.
S'il échappe à la mort, à sa longue nuit noire,
Il a pour lui l'honneur, l'éclat de la victoire ;
Chacun l'estime alors, jeunes gens et vieillards ;
Il descend chez Pluton, environné d'égards ;
Tous ses concitoyens honorent sa vieillesse ;
Par respect, par justice, aucun d'eux ne le blesse ;
Dès qu'il entre, aussitôt se lèvent à ses yeux,
Jeunes gens, hommes faits, et même les plus vieux.
Que chacun parmi vous aspire à ces hommages ;
Et, pour les mériter, excitez vos courages.

9 décembre 1857.

## IV.

upiter, fils du Temps, noble époux de Junon,
A donné cette ville aux braves Héraclides :
Nous quittâmes Erine, où souffle l'aquilon,
Préférant de Pélops l'île aux ondes limpides.

8 décembre 1857.

## V.

L'avarice perd Sparte, et rien que l'avarice.
Le maître à l'arc d'argent, qui lance au loin les traits,
Le maître aux cheveux d'or, Apollon, n'a jamais
Sur son autel un sacrifice.

8 décembre 1857.

## VI.

Les envoyés, de Delphe ont enfin rapporté
L'oracle de Phébus, plein de sa vérité.
« Exécutons des rois la volonté sacrée,
Car notre chère Sparte est par eux vénérée ;
Écoutons les vieillards ; que chaque citoyen
Par de sages discours se montre homme de bien ;
Que dans nos actions la justice domine ;
Qu'on ne projette rien sur la ville divine :
Alors le peuple aura victoire, autorité. »
C'est ce qu'a dit Phébus, quand on l'a consulté.

9 décembre 1857.

## VII.

A notre roi, des dieux existence bénie !
Au roi Théopompus, fils de la Messénie,
Terre féconde en blés, en arbres verdoyants !
Autour d'elle jadis ont lutté dix-neuf ans,
Toujours plus excités dans leurs fureurs guerrières,
Sans trêve et sans repos, les pères de nos pères ;
Enfin, après vingt ans, ils ont quitté ces lieux,
Laissant loin d'eux l'Ithôme au front audacieux.

9 décembre 1857.

## VIII.

Fils de Sparte, féconde en braves,
Fils de citoyens, non d'esclaves,
A gauche tournez-vous d'abord,
Puis qu'avec force le trait parte ;
Enfants, ne craignez pas la mort :
Ce n'est pas la coutume à Sparte.

Allons, allons, jeunes soldats,
Chercher Mars, chercher les combats.

Qu'en nos seins batte un cœur sauvage
Comme le cœur des noirs lions :
Plutôt que de mourir, faisons
Des prodiges de courage.

8 décembre 1857.

# PIÈCES DIVERSES.

# PIÈCES DIVERSES.

## I.

### ENTREVUE D'HECTOR ET D'ANDROMAQUE.

HOMÈRE, *Iliade*, chant VI, vers 369-502.


ce discours, Hector au panache flottant
arche vers son palais, où sa suite l'attend.
ndromaque aux bras blancs, depuis longtemps sortie,
'une esclave au long voile et de son fils suivie,
ur la plus haute tour pleurait et gémissait.
ector, ne trouvant pas celle qu'il chérissait,
'arrêta sur le seuil, et, parlant aux suivantes :

« Dites la vérité, répondez-moi, servantes,
En quels lieux est allée Andromaque au bras blanc ?
Est-elle chez mes sœurs au voile étincelant ?
Est-elle chez Pallas, que les autres Troyennes,
Déesse aux longs cheveux, invoquent dans nos peines

« Hector, puisque tu veux savoir la vérité,
Répondit l'intendante, elle n'a visité
Ni tes sœurs, ni Pallas, que les autres Troyennes,
Déesse aux longs cheveux, invoquent dans nos peines
Elle a voulu monter à la tour d'Ilion,
Quand elle a su des Grecs l'ardente irruption.
Elle court vers les murs ; la nourrice fidèle
Suit ses pas égarés, portant son fils près d'elle. »

Elle dit ; du palais il s'éloigne soudain ;
Le long des monuments il reprend son chemin.
Lorsque la ville immense enfin fut traversée,
Lorsqu'il fut arrivé devant la porte Scée,
C'est par là qu'il devait sortir pour l'action,
Hector vit accourir du grand Éétion,
Andromaque, la fille heureusement dotée.
Sous le Placus, dans Thèbe, au sein des bois jetée,
Éétion régnait sur les Ciliciens ;
Sa fille eut pour époux Hector, chef des Troyens.
Elle accourait ; près d'elle, à son sein, la suivante
Portait le tendre enfant à la langue impuissante,
Fils chéri du héros, beau comme un astre d'or.
Scamandre était le nom que lui donnait Hector ;

Astyanax, disait le peuple plein de joie :
Car Hector était seul le vrai rempart de Troie.
Il sourit, en silence il regarda l'enfant ;
Andromaque était là, près du héros, pleurant ;
Elle saisit sa main, et tel fut son langage :


« Malheureux, tu seras perdu par ton courage ;
Tu ne prends en pitié ni ton enfant ni moi ;
Et ta femme bientôt sera veuve de toi :
Car les Grecs te tueront ; hélas ! dans ma misère,
Ne vaudrait-il pas mieux être au fond de la terre ?
Toi mort, je n'aurai plus de consolation ;
Tout ne sera pour moi que désolation :
Mon père, à moi, n'est plus, ni mon auguste mère ;
Achille, fils des dieux, jadis tua mon père ;
Et, des Ciliciens dévastant les foyers,
Il prit Thèbe aux grands murs, Thèbe aux nombreux guerriers :
Il ne dépouilla point le roi de Cilicie ;
Le respect pénétra son âme radoucie :
Mon père tout armé brûla loin des affronts ;
Un tombeau fut construit, et les Nymphes des monts,
Filles de Jupiter à l'égide étoilée,
Plantèrent des ormeaux autour du mausolée.
Sept frères me restaient, soutiens de la maison ;
Tous en un même jour allèrent chez Pluton :
Achille aux pieds légers les prit tous dans son piége,
Paissant leurs bœufs tardifs et leurs brebis de neige.
Ma mère, qui régnait sous le Placus ombreux,
Fut avec le butin amenée en ces lieux ;

De superbes rançons rachetèrent ma mère :
Diane l'a frappée. Hector, c'est toi mon père,
Et ma mère, et mon frère, et de plus mon époux.
Reste donc sur la tour, et prends pitié de nous ;
Crains ton fils orphelin, crains ta femme au veuvage :
Arrête tes soldats près du figuier sauvage ;
Là, nos murs affaiblis sont d'un facile accès.
Trois fois les plus vaillants ont tenté le succès,
Idoménée, hélas ! les Ajax intrépides,
Et le fils de Tydée avec les deux Atrides ;
Soit qu'un oracle sûr ait conduit leur ardeur,
Soit que le seul courage ait parlé dans leur cœur. »

Soudain le grand Hector à l'aigrette de flamme :
« Chère épouse, ces soins préoccupent mon âme ;
Mais que diraient dans Troie, et nos fiers combattants,
Et les femmes de Troie aux longs voiles flottants,
Si j'évitais la guerre ainsi qu'un lâche esclave ?
Mon cœur me le défend : j'ai toujours été brave ;
J'ai toujours combattu le premier des Troyens,
Soutenant tes lauriers, ô mon père, et les miens.
J'en ai l'esprit certain, j'en ai l'âme assurée,
Un jour tout périra, notre ville sacrée,
Ilion, et Priam, et le peuple puissant
Du vieux Priam, habile au javelot perçant.
Certes, je tremble moins, à cette heure suprême,
Pour les Troyens, Priam, pour Hécube elle-même,
Pour mes frères vaillants, qui bientôt, j'en frémis,
Mordront tous la poussière aux pieds des ennemis,

Que je ne me désole en songeant à tes larmes,
Si quelqu'un de ces Grecs, tout fier de tes alarmes,
Tout cuirassé d'airain, t'emmenait à son tour,
Après t'avoir ravi la liberté du jour :
Toi, filer dans Argos, pauvre et désespérée !
Toi, porter pour un autre, ou l'eau de l'Hypérée,
Ou l'eau de Messéis, contre ta volonté,
Malheureuse, cédant à la nécessité !
Un jour quelqu'un dirait, en te voyant pleurante :
« C'est la femme d'Hector ; dans la mêlée ardente,
Il était le premier des cavaliers troyens,
Alors qu'on se battait sous les murs phrygiens. »
Voilà ce qu'ils diront ; et de nouveau ton âme
Regrettera l'époux qui délierait sa femme.
Que la terre en monceaux couvre mes os poudreux
Avant que je t'entende arracher de ces lieux ! »

Il marche vers son fils ; mais, en voyant l'armure,
Au sein de sa nourrice à la belle ceinture,
L'enfant épouvanté se jette et pousse un cri ;
Il s'effraie à l'aspect de son père chéri,
Du grand casque d'airain, et du panache horrible
Qu'enrichit d'un coursier la dépouille terrible :
Les époux attendris sourirent de l'enfant.
Hector prit aussitôt son casque étincelant,
L'arracha de son front et le posa par terre ;
Puis il baisa son fils, et le malheureux père,
L'élevant vers le ciel dans ses bras glorieux,
Invoqua Jupiter et tous les autres dieux :

8

« Jupiter et vous dieux, que cet enfant devienne
Illustre comme moi chez la race troyenne ;
Qu'avec force et puissance il gouverne Ilion ;
Un jour qu'il reviendra vainqueur de l'action,
Qu'on dise : « Il est plus brave encore que son père ; »
Qu'il rapporte, inondé de sang et de poussière,
Les dépouilles d'un traître immolé de sa main :
Que sa mère d'orgueil tressaille dans son sein ! »

Il dit, remet son fils dans les bras de sa mère ;
Souriante, mais l'œil plein d'une larme amère,
Celle-ci le reçoit sur son sein parfumé.
A ce tableau touchant, le héros désarmé
S'approche et de la main lui fait une caresse :

« Malheureuse, dit-il, modère ta tristesse:
Nul mortel ne pourra m'envoyer chez Pluton,
Si le sort le défend, et jamais, brave ou non,
Nul n'a pu du destin fléchir la loi fatale.
Andromaque, retourne à la maison royale;
Reprends, sans plus tarder, ta toile et tes fuseaux ;
De tes femmes en paix dirige les travaux :
Les Troyens avec moi prendront soin de la guerre. »

Il dit, remet son casque à la longue crinière ;
Et l'épouse fidèle obéit en pleurant :
Elle part, mais vers lui se retourne souvent.
Cependant elle arrive au palais plein d'esclaves
Du formidable Hector, épouvante des braves;

Elle entre : à son aspect, ses servantes en pleurs
Font par des cris perçants retentir leurs douleurs.
Elles pleurent Hector, et pourtant il respire ;
Mais elles pensent bien, et leur cœur s'en déchire,
Qu'il ne doit plus jamais revenir des combats,
Et qu'aux fureurs des Grecs il n'échappera pas.

2-5 octobre 1857.

## II.


## MORT DE PÂRIS.

QUINTUS DE SMYRNE, *Suite à Homère*, chant x, vers 206-488,

Fier de sa belle armure, enivré, frémissant,
Philoctète à grands flots faisait couler le sang ;
Pâris enfin s'émeut, saisit son arc flexible,
Et lance à Philoctète une flèche terrible,
Sans trembler, car il touche à son dernier moment :
Le trait siffle, s'échappe, et fuit rapidement,
Trait fatal et mortel, parti d'une main sûre ;
Philoctète se penche, évite la blessure ;
Mais le grand Cléodore, atteint non loin du cœur,
Sent jusqu'en son épaule entrer l'airain vainqueur.

De l'illustre Péan, transporté de furie,
Le fils impétueux tend son arc et s'écrie :

« Reçois de moi la mort, reçois le coup fatal,
Chien, qui veux m'attaquer, et te crois mon égal.
Certe, ils vont respirer, joyeux comme naguère,
Tous ceux que pour ta cause a soulevés la guerre :
Misérable, ta mort va finir leurs douleurs ;
Car c'est toi qui les perds, toi qui fais leurs malheurs. »

Il dit, courbe son arc jusque sur sa poitrine,
Montre à son javelot le but qu'il lui destine,
Et dans ses fortes mains le retient si pressé,
Qu'à peine par le fer le cercle est dépassé ;
Le trait fuit, en sifflant, de la corde sonore ;
Et le héros divin a visé juste encore.
Devant le coup fatal Pâris ne trembla pas :
Son cœur surexcité respirait les combats ;
La flèche fendit l'air sans laisser de blessure,
Et ne fit qu'effleurer sa charmante figure.
Soudain il tend son arc ; son bras s'est affermi :
Mais le fils de Péan prévint son ennemi ;
D'un javelot perçant il l'atteignit dans l'aine.
Pâris blessé s'enfuit, éperdu, hors d'haleine :
Tel devant un lion recule un chien peureux,
Qui tout à l'heure encor faisait le valeureux :
Tel, la poitrine en sang, par le fer mutilée,
Pâris épouvanté fuyait de la mêlée.

De médecins, de soins, vainement entouré,
Il gémissait ; son cœur était désespéré.
Les Troyens cependant regagnèrent leur ville ;
Et les Grecs, leurs vaisseaux sur l'Océan tranquille :
Déjà la nuit obscure, arrêtant les combats,
Et de leurs grands travaux reposant les soldats,
Apportait le sommeil, ennemi de la guerre.
Jusqu'au retour du jour, Pâris ne dormit guère :
Ni remèdes, ni soins, rien ne le soulageait ;
Si son cœur l'eût voulu, seule, Œnone pouvait,

8.

Telle était du destin la volonté fatale,
Arracher son époux à la nuit infernale.
Il se rendit vers elle avec anxiété,
Maudissant et l'oracle et la nécessité.
De sinistres oiseaux sur sa tête chantèrent ;
De sinistres oiseaux à sa gauche volèrent :
On le vit de terreur hésiter un moment ;
Puis il continua son chemin bravement,
D'un terrible trépas méprisant ce présage.
Il entra chez OEnone : en voyant son visage,
OEnone et tous ses gens parurent effrayés ;
Il s'avança vers elle, et se mit à ses pieds.


La pâleur de son front, d'un froid mortel suivie,
Glaçait jusqu'en ses os les sources de la vie ;
Ses flancs et tout son corps s'infectaient de poison :
Son cœur se consumait dans un chagrin sans nom.
Tel un homme qui brûle et de soif et de fièvre,
Sent son âme languir, voltiger sur sa lèvre,
La bile dessécher son cœur et son cerveau,
Et demande à grands cris et la vie et de l'eau :
Tel, la mort dans le sein, le désespoir dans l'âme,
Sans force, il adressa ce discours à sa femme :


« Ma vénérable épouse, il est vrai que Pâris
Dans ton palais désert t'abandonna jadis :
Hélas ! ne poursuis pas un mourant de ta haine :
L'inévitable sort m'entraîna vers Hélène ;

Dans sa couche fatale avant qu'elle me prît,
Puissé-je dans tes bras avoir rendu l'esprit!
Par les dieux, habitants de la voûte céleste,
Par notre ancien hymen, par l'amour qui te reste,
Adoucis-toi, bannis un souvenir fatal;
Applique, sans tarder, un remède à mon mal :
Car tu peux me guérir, et le destin ordonne
Que ta main au trépas m'arrache ou m'abandonne.
Prends pitié de mon sort, apaise ma douleur,
Tandis que je conserve un reste de vigueur;
Par jalousie, hélas! ressentiment frivole,
Veux-tu donc qu'à tes pieds mon âme ici s'envole ?
Respecte la Prière au genou suppliant :
Elle a pour père aux cieux Jupiter foudroyant;
Irritée, aux mortels qui raillent l'indulgence,
Elle envoie Erinnys et la triste vengeance.
Des Parques loin de moi détourne la fureur;
Si j'ai pu t'offenser, pardonne à mon erreur. »


Ainsi parla Pâris à son auguste épouse,
Mais il ne put fléchir sa colère jalouse;
Les yeux en feu, le cœur enflammé de dépit,
Insultante et terrible, Œnone répondit :


« Oses-tu bien braver une épouse offensée?
Toi qui dans mon palais jadis m'as délaissée;
Toi qui m'as préféré, sans pitié pour mes pleurs,
La fille de Tyndare, objet de nos malheurs,

T'enivrant dans ses bras d'une impudique flamme :
Certe, elle est de beaucoup plus belle que ta femme,
Et n'est pas condamnée à vieillir comme nous ;
Eh bien , va la trouver, embrasse ses genoux,
Et ne viens pas ici, plein de tristes alarmes,
Raconter tes malheurs et répandre tes larmes.
Que n'ai-je d'un lion la force et la fureur,
Pour déchirer tes chairs, pour arracher ton cœur,
Pour étancher ma soif dans le sang de tes veines,
Pour venger mes affronts, mes tourments et mes peines
Perfide, maintenant où sont tes protecteurs ?
Ta belle Cythérée aux couronnes de fleurs ?
L'immortel Jupiter, oublieux de sa race ?
Va, cours les implorer, conte-leur ta disgràce ;
Mais fuis de ma maison, fuis de devant mes yeux,
Vil objet du courroux des hommes et des dieux.
Car à cause de toi les dieux mêmes gémissent,
Quand leurs petits-enfants et leurs enfants périssent.
Retourne vers Hélène, et sors de ma maison ;
Près d'elle, jour et nuit, tu peux avec raison
Lui dire tes tourments, tes maux et mes injures,
Jusqu'à ce que sa main ait guéri tes blessures. »

Elle dit, du palais le chasse à demi mort ;
Imprudente, elle-même elle ignorait son sort :
La Parque après l'époux devait prendre la femme ;
Jupiter de leur vie ourdit ainsi la trame.
Désespéré, Pâris, à travers les grands bois,
Se traîna sur l'Ida pour la dernière fois.

Du haut du mont Olympe, où Jupiter domine,
Junon en triompha dans sa haine chagrine.

L'âme du beau Pâris s'envola loin du jour ;
En vain sa chère Hélène attendit son retour.
Les Nymphes aussitôt accoururent en larmes :
Elles se rappelaient les propos pleins de charmes
Qu'enfant il leur tenait, quand ses pieds bondissants
Venaient et se mêlaient à leurs jeux innocents ;
Des bouviers affligés ainsi qu'elles gémirent :
De leurs cris douloureux les vallons retentirent.

Cependant à la reine un berger, à grands pas,
Vint du triste Pâris annoncer le trépas ;
Son cœur fut foudroyé, ses membres chancelèrent,
Et ces accents plaintifs de sa bouche coulèrent :

Tu n'es plus, mon cher fils : au comble des malheurs,
Devais-je encor souffrir de nouvelles douleurs ?
Pâris, après Hector, le soutien de nos armes,
Tant que mon cœur battra, j'aurai pour toi des larmes.
Sans doute un dieu cruel s'acharne contre nous ;
Et la Fatalité dirigea tous ces coups :
Oh ! que ne suis-je morte avant cette détresse,
Dans une heureuse paix achevant ma vieillesse !
Hélas ! je tremble encore, et mes yeux affligés
Verront peut-être un jour tous mes fils égorgés,
La ville dévastée, abandonnée aux flammes,
Mes filles et mes brus, hélas ! toutes les femmes,

Par le droit des combats, suivre avec leurs enfants
Les fils de Danaüs., heureux et triomphants. »

Elle dit. Son époux ignorait ses alarmes :
Sur le tombeau d'Hector il répandait des larmes ;
Car Hector était brave, et, la lance à la main,
Il avait vaillamment défendu le terrain :
Tout à ses pleurs, Priam ignorait la nouvelle.

Hélène gémissait, et sa plainte éternelle
Partageait des Troyens la commune douleur ;
Mais des motifs secrets préoccupaient son cœur :

« A moi, comme aux Troyens, perte à jamais fatale
Disait-elle, tu fuis dans la nuit sépulcrale,
Cher amant, et quels maux tu me laisses ici !
Encor, ceux qui viendront surpasseront ceux-ci.
Quel dieu m'a fait te suivre? et pourquoi les Harpies
N'arrêtaient-elles pas nos navires impies ?
Tous les dieux maintenant, acharnés contre toi,
Font retomber aussi leur vengeance sur moi :
On me hait, on m'exècre ; à tous les cœurs hostile,
Hélas ! je ne sais plus où trouver un asile :
Si je me livre aux Grecs, sans pitié pour mes torts,
Dans la fange aussitôt ils traîneront mon corps ;
Si je demeure ici, les Troyens, les Troyennes,
Viendront me déchirer de leurs mains inhumaines ;
Et la terre jamais ne couvrira mes os,
Livrés à la fureur des chiens et des oiseaux,

vant tous ces malheurs; pourquoi la destinée
n'a-t-elle pas fini ma vie infortunée ? »

Elle dit, de Pâris regrettant moins la mort,
Que son crime, suivi d'un terrible remord.
Les Troyennes semblaient partager sa tristesse,
Mais ne pleuraient au fond que leur propre détresse,
Et les unes leurs parents, les autres leurs maris,
Et les unes un frère, et les autres un fils.

Seule, dans son palais, la généreuse Œnone,
Loin des yeux des Troyens, aux douleurs s'abandonne;
Et, le corps en secret sur la terre étendu,
Elle appelle à grands cris l'époux qu'elle a perdu.
Ainsi, lorsque la neige, inondant les campagnes,
Recouvre les forêts et les hautes montagnes,
Et qu'un vent tempétueux, bouleversant les monts,
Saisit les blocs de glace et les jette aux vallons;
Malgré leur épaisseur, leur dureté profonde,
Ils se fondent bientôt, et s'échappent en onde :
Telle Œnone, l'esprit rongé par les douleurs,
Soupirait, gémissait, et se fondait en pleurs,
Regrettant le guerrier dont elle fut la femme,
Et se parlant ainsi dans le fond de son âme :

« Infortunée, hélas ! insensée, autrefois,
Heureuse d'être unie à l'époux de mon choix,
J'espérais près de lui passer ma vie entière,
Vieillir en paix, quitter noblement la lumière :

Mon destin par les dieux fut autrement conduit.
Les Parques auraient dû m'engloutir dans leur nuit,
Quand il fut décidé que je serais trahie ;
Bien qu'il m'ait délaissée, hélas ! pendant sa vie,
Je serai courageuse, et pour lui je mourrai :
Le jour ne charme plus mon cœur désespéré. »

Elle dit ; et des pleurs coulaient de sa paupière ;
Regrettant son époux privé de la lumière,
Comme la cire au feu s'amollit et se fond,
Elle se consumait dans un chagrin profond :
Mais, redoutant son père, et craignant ses servantes
Aux longs péplums tombants sur leurs robes traînantes
Elle attendit qu'enfin la nuit, sortant des flots,
Sur la terre divine apportât le repos.
Quand tout fut endormi, ses serviteurs, son père,
Aussitôt, du palais forçant une barrière,
Elle s'enfuit, pareille à l'aquilon fougueux,
Et ses pieds l'emportaient, légers et furieux.
Telle on voit sur les monts errer une génisse,
Que l'amour fait bondir au gré de son caprice ;
Dans ses désirs le cœur absorbé tout entier,
Elle n'obéit plus à la voix du bouvier,
Et partout, sans que rien arrête son délire,
Cherche dans les halliers celui qu'elle désire :
Telle Œnone, à grands pas dévorant le chemin,
Volait vers le bûcher et vers sa triste fin.
Ses genoux fatigués ne tremblaient pas sous elle ;
Ses pieds marchaient toujours, pleins d'une ardeur nouve

les Parques et Cypris précipitaient ses pas ;
Comme autrefois, la nuit, elle ne craignait pas
les lions hérissés hurlant dans les campagnes ;
Elle courait partout à travers les montagnes,
Les rochers, les forêts, les abîmes affreux,
L'horrible profondeur des antres ténébreux.
Au haut du ciel la Lune aperçut l'insensée :
Le bel Endymion lui vint à la pensée ;
Son âme fut émue, et ses rayons divins
Redoublèrent au loin, éclairant les chemins.

Œnone enfin trouva les Nymphes gémissantes,
Entourant de Pâris les dépouilles sanglantes.
D'un bûcher colossal déjà brillaient les feux ;
Déjà tous les bergers, rassemblés en ces lieux,
Le dos chargé de bois, étaient venus eux-mêmes
Honorer de leur deuil et des devoirs suprêmes
Celui qui fut leur prince et leur ami jadis :
Tous, debout et pleurants, environnaient Pâris.
Muette en sa douleur, Œnone, avec courage,
Relève son manteau, cache son beau visage,
Se jette dans la flamme en présence de tous :
Et le feu la dévore ainsi que son époux.
On crie ; on applaudit ce dévouement de femme.
Les Nymphes admiraient, et se disaient dans l'âme :

« Assurément Pâris fut insensé le jour
Où de sa chaste épouse il méprisa l'amour,
Pour voler dans les bras de cette femme vile,

9

Qui l'a perdu, qui perd les Troyens et la ville :
Le malheureux jamais ne comprit la douleur
D'une épouse innocente et douce dans son cœur,
Qui, malgré ses dédains et sa haine constante,
Ne lui préférait pas la lumière éclatante. »

Au fond du cœur ainsi les Nymphes se parlaient.
Oublieux du soleil, les deux époux brûlaient :
Les bergers autour d'eux restaient, l'âme étonnée,
Comme autrefois les Grecs, lorsque de Capanée
La femme Évane ainsi rejoignit son époux,
Qu'avait de Jupiter foudroyé le courroux.
Aussitôt que le feu, dans ses ardeurs funestes,
D'Œnone et de Pâris eut consumé les restes,
Et confondu leurs os dans un même destin,
On arrêta la flamme avec des flots de vin :
Dans un cratère d'or leur cendre fut mêlée ;
L'urne ensuite fut mise au fond d'un mausolée ;
Et deux piliers de marbre ornèrent promptement
Les deux extrémités du fatal monument.

2-8 janvier 1858.

## III.

## HYMNE A NEPTUNE.

ARION.

Neptune au trident d'or, le plus puissant des dieux,
Tu retiens l'univers dans tes flots spacieux ;
En cercle, autour de toi, fendant la vague immense,
Les légers animaux bondissent en cadence,
Et les thons hérissés, et les chiens aboyants,
Et les dauphins, amis des Muses et des chants,
Doux fils de l'Océan, chéris des Néréides,
Qu'Amphitrite enfanta dans ses grottes humides :
Non loin de la Sicile, égaré sur les flots,
Ils m'ont reçu jadis, m'ont porté sur leur dos,
Et m'ont remis enfin, malgré l'onde barbare,
Sur les champs de Pélops, aux côtes de Ténare,
Fendant l'affreux Nérée et son lit nuptial,
Alors qu'un feu sanglant, météore fatal,
Du haut d'un creux vaisseau qui traversait les ondes,
M'avait précipité dans les vagues profondes.

4 décembre 1857.

## IV.

## HESPER.

BION, *Idylle* IX.

Hesper, lumière d'or de l'aimable Vénus,
Orgueil des nuits d'azur, cher et saint Hespérus
Étoile dont la lune éclipse les lumières
Autant que tu pâlis, toi, l'éclat de tes frères,
Salut. Chez mon berger, chère étoile, je cours ;
De ta belle lueur prête-moi le secours,
Car déjà nous a fuis la lune renaissante.
Je ne vais point voler, ni, dans la nuit glaçante,
Frapper le voyageur qui hâte son retour ;
J'aime : tout d'un amant doit seconder l'amour.

7 avril 1852.

## V.

## A LESBIE.

CATULLE, *Poésie* VII.

Tu demandes combien il faudrait me baiser
Pour calmer mon ardeur, Lesbie, et la lasser?
O chère Lesbie, autant la lybienne arène
A de grains entassés dans les champs de Cyrène,
Entre l'autel brûlant d'où Jupiter répond,
Et de l'ancien Battus le sépulcre profond ;
Autant d'astres, la nuit, quand règne le silence,
Éclairent des amants la furtive démence :
Ah ! d'autant de baisers il te faudrait baiser
Pour calmer dans son feu Catulle et le lasser ;
Leur nombre alors pourrait échapper à l'envie,
Et fuir les enchanteurs à la langue ennemie.

8 février 1852.

## VI.

## SUR L'INCONSTANCE DES FEMMES.

CATULLE, *Poésie* LXX.

Ma maîtresse me dit qu'elle ne recevrait
Pas même Jupiter, si ce dieu l'implorait.
Ce que dit une femme à son amant avide,
On l'écrit sur le vent et sur l'onde rapide.

27 septembre 1857.

## VII.

## A MANTOUE.

VIRGILE, *Géorgiques*, livre III, vers 1-15.

Grande Palès, et toi, noble berger d'Amphryse,
Forêts du mont Lycée, ondes où rit la brise,
Je vous chante à présent. Embellis par les vers,
Les récits qui jadis captivaient l'univers,
Ne sont plus qu'une fable en tous lieux répétée.
Et qui ne connaît pas le cruel Eurysthée ?
Busiris, ses autels où le sang coule à flots ?
Hylas, Hippodamie, et Latone, et Délos ?
Et toi, fameux Pélops, qui ne sait ton histoire,
Grand dompteur de coursiers, à l'épaule d'ivoire ?
Il faut tenter la route : et je veux essayer
Si je puis à mon tour, découvrant un sentier,
M'élever au-dessus de la terre où nous sommes,
Et, vainqueur, voltiger sur les bouches des hommes.
Le premier, si je vis, à mes concitoyens
J'amènerai les Sœurs des monts Aoniens :

Moi le premier, Mantoue, ô ville bien-aimée,
Je veux te rapporter les palmes d'Idumée,
Et t'élever de marbre un temple étincelant,
Dans ces champs verts, aux bords où, comme un lac cha
Le Mincius grandit ses ondes plus tardives,
Et d'un tendre roseau couronne ses deux rives.

13 décembre 1856.

## VIII.

## CONTRE LA CUPIDITÉ.

HORACE, livre II, *Ode* XVIII.

On ne voit point briller dans mon humble retraite
    L'ivoire ni l'or, trésors vains ;
On n'y voit point peser les poutres de l'Hymette
Sur des marbres taillés aux déserts africains ;

Je n'ai point envahi la demeure opulente,
Héritier inconnu, d'un Attale nouveau ;
Pour me filer la pourpre, une noble cliente
N'a jamais dans ses doigts fait tourner le fuseau.

J'ai pour tout bien ma lyre et la veine divine ;
Malgré ma pauvreté, je sais plaire aux heureux.
A tous mes vœux suffit ma terre de Sabine ;
Je n'importune point un ami ni les dieux.

Le jour chasse le jour, et la lune nouvelle
S'enfuit vers son déclin sans s'arrêter jamais :
Oubliant le sépulcre, et la mort qui t'appelle,
Tu fais scier le marbre, élever des palais ;

9.

Tu fais sans cesse, dans ta rage,
A l'étroit sur le continent,
A la mer de Baïa reculer son rivage :
Tu ravis aux voisins les bornes de leur champ ;

Avare, à tes clients tu dérobes leurs terres ;
Chassés par toi, la femme et l'époux éperdus
Emportent dans leur sein, et les dieux de leurs pères,
Et leurs enfants à demi nus.

Cependant nulle autre demeure
N'attend plus sûrement que le palais d'Orcus :
Là le riche a sa place ; hélas ! il faut qu'il meure.
Que prétends-tu de plus ?

Aux fils du malheureux, comme aux fils du monarque,
La juste terre entr'ouvre également son sein ;
Le rusé Prométhée au nocher de la barque
N'a pu donner son or pour rebrousser chemin.

Il retient et Tantale et les fils de Tantale,
Lui, satellite de Pluton ;
Il arrache le pauvre à sa chaîne fatale,
Il entend, qu'on l'appelle ou non.

10 août 1850.

## IX.

## A LA FONTAINE BANDUSIA.

HORACE, livre III, *Ode* XIII.

Bandusia, tes flots, plus purs que le cristal,
Sont dignes d'un doux vin et de fleurs odorantes :
Je veux demain t'offrir un chevreau sans égal,
Au front enorgueilli de ses cornes naissantes.

Il recherche Vénus, les combats, mais en vain :
Car dans tes eaux froides et vives
Il répandra son sang rouge demain,
Le rejeton de mes chèvres lascives.

La Canicule en pleine ardeur
Ne saurait t'approcher aux heures dévorantes :
Et tu gardes toujours une aimable fraîcheur
Aux taureaux fatigués, aux génisses errantes.

Aussi tu compteras parmi les nobles eaux.

Lorsque j'aurai chanté le chêne aux feuilles vertes,
Défendant du soleil les roches entr'ouvertes
    D'où tu sors en bruyants ruisseaux.


                      24 juillet 1857.

# X.

## ÉPILOGUE.

**HORACE**, livre III, *Ode* XXX.

J'ai fait un monument, plus que l'airain, solide,
Plus haut que ton sommet, royale pyramide ;
Torrents rongeurs du ciel, aquilons impuissants,
Rien ne le détruira, ni la fuite des temps,
Ni des ans qui viendront l'innombrable série :
Je ne mourrai pas tout, et, bravant ta furie,
Ma meilleure moitié, Libitine, vivra.
Mon nom, toujours nouveau, dans l'avenir croîtra,
Tant qu'on verra monter au Capitole immense
Le grand prêtre, et la Vierge, esclave du silence.
Sur les bords où mugit l'Aufide impétueux,
Sur les bords où Daunus à son sceptre fameux
Soumit un sol aride et des peuples agrestes,
On dira qu'illustrant mes ancêtres modestes,
C'est moi qui, le premier, au mode italien

Sus plier dans mes vers le chant éolien.
Sois fière, Melpomène, et, sans qu'on te conjure,
Viens du laurier de Delphe orner ma chevelure.

7 septembre 1857.

## XI.

## LES DIFFÉRENTS AGES.

HORACE, *Art poétique*, vers 158-174.

Dès que l'enfant déjà plus nettement s'exprime,
Que plus ferme son pied sur la terre s'imprime,
Avec ceux de son âge il joue avidement;
Aisément il s'irrite, il se calme aisément;
Avant l'heure écoulée, il est méconnaissable.

L'imberbe, libre enfin d'un mentor haïssable,
Ne se plaît qu'à guider meutes, coursiers et chars,
Qu'à fouler au soleil l'herbe du champ de Mars;
De cire pour le vice, au reproche indocile,
Tardant à se pourvoir du sage et de l'utile,
Présomptueux, prodigue, en ses désirs ardent,
Ce qu'il aimait hier, il le hait maintenant.

Sitôt qu'à l'âge mûr le cède la jeunesse,
Autres goûts, autre esprit : on songe à la richesse,
On cherche des amis, aux grands on fait la cour,
Et l'on ne risque rien d'irréparable un jour.

Mille maux du vieillard assiégent l'existence :
Il amasse, mais, pauvre au sein de l'abondance,
Il n'ose pas toucher à son or entassé ;
Il est pour toute chose et timide et glacé,
Remettant, long d'espoir, inerte en sa faiblesse,
Inquiet, difficile, et se plaignant sans cesse ;
Du temps de son enfance effroyable prôneur,
Dur pour les jeunes gens, et rigide censeur.

Mai 1850.

## XII.

*

## A CORNUTUS.

PERSE, *Satire* V, vers 19-51.

Ce n'est pas mon dessein, j'en atteste les dieux,
De gonfler un feuillet de riens prétentieux,
De riens bons à donner du poids à la fumée.
Nous parlons entre nous : ma Camène enflammée
Aujourd'hui m'encourage, et je veux, plein d'ardeur,
Te donner à sonder les replis de mon cœur,
Heureux de te montrer, Cornute, autre moi-même,
Quelle place est pour toi dans cette âme qui t'aime.
Frappes-y, car tu sais avec habileté
Juger, d'après le son, de la solidité,
Et laver du mensonge une langue fardée.
Ami, frappe mon cœur. Puisse m'être accordée
Une centuple voix par les dieux tout-puissants,
Afin de publier en sons retentissants
Quel tendre souvenir, quelle amitié divine,
T'a fixé pour toujours au fond de ma poitrine;

Afin que mes accents révèlent au grand jour
Ce que voile mon cœur d'inexprimable amour !

Sitôt que j'eus quitté la prétexte pourprée,
De ma timidité compagne révérée,
Que j'eus offert ma bulle aux Lares bienfaisants,
Et qu'entouré dès lors d'aimables complaisants,
Je pus impunément, grâce à ma blanche armure,
Scruter de mes regards le quartier de Suburre ;
A cet âge tremblant où différents chemins
Se présentent ensemble à nos cœurs incertains,
Où l'inexpérience et de funestes doutes
Partagent nos esprits entre diverses routes ;
Je te remis le soin de mes pas chancelants :
Et tu m'as recueilli ; dès mes plus jeunes ans,
De Socrate en ton sein j'ai puisé la doctrine.
Dès lors, soumis, charmé par cette discipline,
Je vois de jour en jour mes mœurs se redresser ;
Mon cœur enfin, sentant la raison le presser,
S'efforce à cette loi de demeurer fidèle,
Et revêt sous ta main une forme nouvelle.
Je me rappelle encor, ami, ces jours entiers
Qu'ensemble nous passions près des mêmes foyers,
Et nos festins du soir, exempts d'inquiétude.
Tout nous était commun, le repos et l'étude ;
Et le même repas, sans apprêts fastueux,
Nous venait délasser des travaux sérieux.

Cher Cornutus, il est des puissances amies

Qui font, n'en doute point, sympathiser nos vies ;
Certe, une même étoile en dirige le cours.
Soit que la Parque avare ait suspendu nos jours
D'équilibre au milieu de la double Balance ;
Soit que dans les Gémeaux, l'heure dont l'influence
Engendre dans les cœurs la sincère amitié,
Ait à jamais fixé nos destins de moitié ;
Soit que du roi des dieux la planète prospère
Tous les deux nous dérobe à celle de son père :
J'ignore quel il est, mais un astre certain
Tempère de nos jours l'harmonique destin.

Février 1851.

## XIII.

## INONDATION DU CAMP DE CÉSAR.

LUCAIN, *Pharsale*, livre IV, vers 83-102.

Déjà la neige à flots coule du haut des monts
Qui de l'ardent Titan défiaient les rayons ;
Sur les rocs amollis la glace s'est brisée ;
Pour le fleuve en courroux plus de route tracée :
Sitôt que de sa source avec fracas il sort,
Une mer en son lit tombe de chaque bord.
La tente de César dans la plaine surnage ;
Le camp est ébranlé par la vague sauvage ;
Sur les plus hauts remparts flotte un abîme d'eaux.
Où courir maintenant enlever les troupeaux ?
Submergés, les sillons n'offrent plus de pâture ;
Dans les vallons noyés errant à l'aventure,
Le maraudeur perdu ne voit plus de chemin.
Déjà sévit au camp l'épouvantable faim,
La faim, de tout malheur compagne inséparable ;
Sans qu'il soit assiégé, le soldat misérable

Avec toute sa paye achète un peu de pain.
Peste livide, ô soif, soif horrible du gain !
On voit des malheureux, mourant de faim eux-mêmes,
Céder, vendre à prix d'or leurs ressources suprêmes.
Et déjà des hauteurs l'onde cache le front ;
Les fleuves confondus forment un lac sans fond.
Le torrent, des rochers précipite les crètes,
Entraîne les troupeaux, engouffre leurs retraites,
Et dans ses tourbillons, rapides, rugissants,
Saisit, roule, engloutit les coursiers frémissants.

5 octobre 1851.

## XIV.

## FRANÇOISE DE RIMINI.

DANTE, *Enfer*, chant V, vers 124-138.

Puisque tu veux savoir quelle fut sur la terre,
Jadis, de notre amour la racine première,
Je ferai comme ceux qui parlent dans les pleurs.

Certain jour nous lisions, pour distraire nos cœurs,
Comme Amour réduisit Lancelot à servage;
Nous étions tous deux seuls, sans crainte de l'orage

Tout en lisant, nos yeux se cherchèrent souvent;
Nos fronts plus d'une fois rougirent en lisant :
Mais, hélas ! à nous perdre un seul point dut suffire.

Quand nous vîmes ton doux et désiré sourire,
O Ginévra, baisé par le brûlant amant,
Celui qui près de moi reste éternellement,

Tout tremblant, me baisa la bouche avec ivresse.

Oh ! comme Gallehaut l'histoire fut traîtresse ;
Celui qui l'écrivit nous prit à ses appâts :
Ce jour-là plus avant nos yeux ne lurent pas.

19 février 1856.

## XV.

## LA MORT.

**MONTI.**

O mort, qu'es-tu jamais ? L'âme vile et coupable
Comme un malheur affreux t'envisage et te craint ;
Et, vengeance du ciel, ton bras inexorable
Descend sur les tyrans, les poursuit, les étreint.

Mais pour l'infortuné que le besoin accable,
Le faix est lourd, l'espoir dès longtemps est éteint ;
Il implore des ans le fer irrévocable,
Il sourit à l'aspect de l'heure qui l'atteint.

Dans la poudre de Mars qui réclame sa vie,
Affrontant les dangers, le guerrier te défie ;
Le sage, sans pâlir, sait attendre tes coups.

O mort, quelle es-tu donc ? Une ombre, une ombre obscure,
Un grand bien, un grand mal, qui changes pour nous tous,
Selon nos passions, de forme et de nature.

26 août 1851.

## XVI.

## LETTRE D'HAMLET A OPHÉLIA.

SHAKSPEARE *Hamlet*, acte II, scène II.

Doute que d'un feu pur soient les astres des cieux ;
Doute que le soleil se remue à tes yeux ;
Doute si vérité n'est pas chose qui mente :
Mais ne doute jamais de ma tendresse ardente.

O chère Ophélia, je fais bien mal les vers ;
Je ne sais pas tourner mes plaintes en concerts ;
Je ne connais pas l'art : mais que vraiment je t'aime,
Plus que tout, oh ! bien plus, crois-le, mon cher moi-même.
Adieu. Toujours à toi, très-chère dame, à toi,
Tant que cette machine existera pour moi.

25 août 1855.

10

## XVII.

## MONOLOGUE D'HAMLET.

SHAKSPEARE, *Hamlet*, acte III, scène I.

Être, ou bien n'être pas, c'est là la question.
Lequel est le plus grand, la résignation
Aux coups de fronde, aux traits de la dure fortune,
Ou contre l'océan de douleur importune
Le courage qui s'arme, et finit tous ses maux ?
Mourir, dormir, voilà. Dire, par ce repos,
Qu'on apaise à jamais, et le cœur en torture,
Et la chair, héritant des chocs de la nature !
Résultat désirable, et fait pour engager.
Mourir, dormir ; dormir, mais peut-être songer ?
Dans ce sommeil des morts quels songes peut-on faire,
Quand au fracas humain on s'est voulu soustraire ?
Voilà l'empêchement et les réflexions
Qui condamnent la vie à des malheurs si longs.
Qui voudrait supporter les injures du monde,
Les flagellations. l'oppression immonde,

Les lenteurs de la loi, les affronts de l'orgueil,
De l'amour dédaigné l'épouvantable deuil,
L'outrage des puissants, et l'insolente guerre
Qu'au patient génie apporte le vulgaire,
Quand un simple poinçon peut donner le repos ?
Qui voudrait supporter tous ces affreux fardeaux,
Gémissant et suant sous cette vie infâme,
Si l'on ne craignait pas, dans le fond de son âme,
Quelque chose d'horrible au delà du trépas,
Pays inexploré d'où l'on ne revient pas ?
Voilà ce qui nous trouble, et pourquoi l'on préfère
La misère connue à toute autre misère.
Ainsi la conscience à nous tous nous fait peur ;
La résolution à l'ardente couleur
Fuit devant la pâleur de l'âme réfléchie :
Les grands projets, tout pleins d'une mâle énergie,
Changent bientôt leur cours à ces réflexions,
Et perdent lâchement jusqu'au nom d'actions.
Ophélia : silence. O nymphe qui m'es chère,
Pense à tous mes péchés quand tu fais ta prière.

                              25 août 1855.

# LES IDÉALES.

10.

# LES IDÉALES.

1.

ÉPITAPHE DE MONSEIGNEUR AFFRE.

Ci-gît Affre. Il voulut, au milieu du carnage,
Seul, le Christ à la main, mettre un frein à l'orage :
Martyr de la patrie et de la chrétienté,
Il tomba. Tout rempli de sainte charité,
Pardonnant, il disait durant son agonie :
« Le bon pasteur rachète, aux dépens de sa vie,
Ses brebis, cher troupeau par l'erreur dispersé.
Plaise à Dieu que mon sang soit le dernier versé ! »

13 mai 1849.

## II.

## LE PAYSAN ET L'ŒUF.

Entraîné par une eau rapide,
Surnageait un gros œuf à la face limpide.
Un pauvre paysan, qui suivait le chemin,
L'aperçoit ; il s'approche, il avance la main,
Jusqu'à l'épaule étend son bras qui se déploie,
Incline tout son corps pour atteindre sa proie.
Comme de plus en plus il penche, sans songer
                    Au danger,
Et l'esprit tout entier à sa juste tendresse
Pour l'œuf qu'il convoitise, et qui le fuit sans cesse,
Le pauvre homme bientôt dans l'eau se laisse choir,
                    Et sans espoir,
Car il est, de nature assez lourd personnage,
Depuis qu'il se connaît, inhabile à la nage.
Il se croit poursuivi par la Divinité,
            Qui le réduit à cette extrémité
            Pour le punir de sa gloutonnerie ;
            Il se recueille, et le voilà qui prie,
            Comme un saint, adressant aux cieux,
Afin de les fléchir, et promesses et vœux.

Il jure enfin, serment un peu trop téméraire,
De ne plus manger d'œufs, s'il regagne la terre.
A peine a-t-il parlé, qu'il aperçoit tout près
Un arbre que le ciel vient de planter exprès;
Soudain il le saisit, et bientôt sur la rive,
Avec cet aide sûr, notre héros arrive.
Le voilà sans danger, mais non sans embarras;
        Son serment l'inquiète : hélas!
Lui faut-il renoncer à délices si grandes,
Et, les jours où l'on doit ne point manger de viandes,
Ne manger que du pain? O désespoir affreux!
Il pâlit; sur son front se dressent ses cheveux.
Que faire? quel moyen de remplir sa promesse?
Il y songe, et bientôt s'écrie avec ivresse :
« De ne plus manger d'œufs, il est vrai, j'ai promis;
Je le promets encore, à moins qu'ils ne soient cuits. »

                                    7 juillet 1849.

### III.

## LE PAPILLON ET LA ROSE.

On était au printemps, alors que la nature
Reprend en souriant son manteau de verdure.
Voltigeant au soleil, un jeune papillon
      Dans un parterre aperçoit une rose,
        Et, sans autre façon,
Il y vole avec joie, et dans son sein se pose.
« Comment, vil papillon, insecte envenimé,
Oses-tu, dit la rose, à mes yeux reparaître?
Toi que d'une chenille à mes pieds j'ai vu naître,
Oses-tu profaner mon calice embaumé? » —
« Il est vrai, je suis né d'une simple chenille;
       Le Dieu puissant et bon
Ne m'a pas accordé de plus noble famille,
        Répond le papillon;
     Mais en revanche il m'a donné des ailes,
       Pour fuir loin des méchants;
    Il m'a paré des couleurs les plus belles
       Dont s'émaille l'herbe des champs :
Je réunis en moi l'utile et l'agréable;
       Que désirer de plus? » —

« Mais au mien ton éclat serait-il comparable ?
Dit la rose, d'un air un tant soit peu confus ;
  A cette beauté, dont je brille,
  Je joins le parfum le plus doux ;
Fleur, je resterai fleur : mais, papillons, mais, vous,
Vos œufs ne produiront qu'une vile chenille ;
En tout temps, en tout lieu, vous subirez l'affront
  Du cachet que votre famille
Vous a, dès la naissance, imprimé sur le front. » —
« Ton mépris pour ma race en rien ne me chagrine,
Reprit le papillon, pas tant de vanité ;
Ce n'est pas un défaut, qu'une basse origine,
Mais c'en est un bien grand, que la méchanceté. »

    22 novembre 1849.

## IV.

## DAMON ET PYTHIAS

J'ai lu, je ne sais où, qu'à Delphe un jour Damon
S'en alla consulter l'oracle d'Apollon ,
  Oracle aux strophes poétiques ,
Voilant la vérité sous des phrases mystiques
Déjà voilà Damon près du trépied divin ;
Déjà sur les autels il a tendu la main :
  « Quel est , dit-il, ô prophétesse,
Le plus grand des trésors et le plus précieux ?
Où puis-je le trouver ? » Aussitôt la prêtresse :
« Voici le dieu ! » La flamme étincelle en ses yeux ;
Son visage s'égare, et, d'un ton furieux :
« Regagne tes foyers , répond-elle ; à cette heure,
Le plus grand des trésors est devant ta demeure. »
Damon quitte le temple, et s'éloigne à grands pas ;
Il arrive, aperçoit son ami Pythias ;
Il s'écrie : « Un trésor est là, devant ma porte,
Si du moins à Phébus, ami, je m'en rapporte. »
Les voilà de creuser et de creuser encor,
  Mais sans trouver de traces du trésor ;

Déjà la nuit répand ses sombres voiles,
Déjà le ciel se parsème d'étoiles;
    Soudain Damon :
Je suis bon, Pythias, de chercher dans la terre ;
C'est toi que désignait l'oracle d'Apollon :
Le plus grand des trésors est un ami sincère. »

18 avril 1850.

11

## V.

## LE MAITRE ET L'ÉCOLIER.

Un pédant, professeur de seconde, je crois,
    Il importe peu toutefois,
    Pour la faute la plus légère,
  Frappait sa table, écumait de colère,
  Grinçait les dents, menaçait, s'écriait :
  « Nom d'une pipe ! » Aussitôt on riait,
Comme vous devez croire. Or, lorsque l'on voit faire
Ou dire à ces messieurs de l'extraordinaire,
On le retient bien mieux qu'une explication
Du ténébreux Sénèque ou du grave Platon.
    En classe un jour surgit une dispute ;
    De toute part on se lève, on discute ;
    Certain plaisant, pour faire impression,
S'écrie en terminant son allocution :
    « Nom d'une pipe ! » Au comble de la rage,
    Pour se venger de cet outrage,
  Le professeur, d'un sang un peu trop chaud,
Condamne pour deux jours l'orateur au cachot.
Quelques instants après, celui-ci, sur la table,
Fait glisser au pédant cette petite fable :

L'écrevisse disait : « Allons,
Ma fille, il ne faut pas aller à reculons ;
          Cesse, ou crains ma colère. » —
« Marchez, reprit la fille, et je vous suis, ma mère. »

L'homme noir s'adoucit, et, souriant alors,
Pardonne à son disciple et reconnaît ses torts.

                              13 juin 1850.

## VI.

### SUR LA MORT D'UNE JEUNE FILLE.

Cher ami, je prends part à ta grande tristesse ;
Je pleure comme toi, plein de regrets cuisants ;
Ernest et Sidonie, une douce tendresse
Vous avait rapprochés dès vos plus jeunes ans ;

Et voilà que la mort, fatale et vengeresse,
A mis entre vous deux les sépulcres glaçants ;
Hélas ! de l'amitié l'innocente allégresse,
Vos jeux, à la fléchir furent donc impuissants !

Quoi, morte ! elle si douce, et respirant à peine
D'un seizième printemps l'harmonieuse haleine.
A la rose le vent laisse au moins vivre un jour,

Avant de l'effeuiller au-dessus des ravines :
Mais Dieu ne permet pas au terrestre séjour
De souiller un instant ses images divines.

17 juin 1850.

## VII.

## LE BÉDOUIN ET LE CHAMEAU.

Un Bédouin, ces gens-là se rencontrent souvent,
Venait de dérober l'équipage opulent
    D'un voyageur, égaré dans les plaines
Que battent du simoun les brûlantes haleines.
Il chargea de butin son fidèle chameau ;
Mais, quelque temps après, voyant la pauvre bête
      Harassée et courbant la tête
      Sous la pesanteur du fardeau,
Il vint lui demander, d'une voix caressante,
Ce qu'elle aimait le mieux, la côte ou la descente.
C'était, pour un voleur, avoir le cœur humain.
Le chameau repartit, à ce que dit l'histoire :
      « Mon maître, si tu veux m'en croire,
      Suivons le droit chemin. »

25 juin 1850.

## VIII.

## LE PÊCHEUR ET LES POISSONS.

Un pauvre hère,
Debout sur un frêle bateau,
Lançait dans l'eau
Les éperviers, soutiens de sa misère.
Je m'arrêtai pour le suivre des yeux ;
Et je le vis bientôt retirer avec joie,
Le Seigneur prend toujours pitié des malheureux,
Ses filets tout remplis d'une abondante proie.
De l'aquatique empire aussitôt vingt sujets,
Carpes au ventre d'or, anguilles et brochets,
A sec sur le bateau, sautillèrent, bondirent,
Respirèrent, se débattirent ;
Et vite le pêcheur se saisit des plus gros,
Puis il rejeta dans les eaux
Les plus petits, dont il n'avait que faire.
Ainsi se termina l'affaire ;
Ceux-ci furent sauvés, et ceux-là furent frits.

La grandeur est un faix qui donne toute sorte
D'ennuis et de périls à celui qui le porte;
      Heureux sont les petits.
Mais l'homme est ainsi fait, qu'il préfère sans peine
Au tranquille bonheur une auréole vaine.

                     26 juin 1850.

## IX.


## L'ÉTOURNEAU ET SON FILS.


Il faut voir du pays, si l'on se veut instruire.
Jadis un étourneau résolut de conduire
Son jeune fils, encore inexpérimenté,
Et, comme bien des sots, enflé de vanité,
   Dans un voyage autour du monde ;
Il voulut lui montrer, sur la machine ronde,
Comment tout se gouverne, et ce qui s'offre aux yeux,
Lui faire visiter maints peuples et maints cieux,
En accompagnant tout de savantes remarques
Sur le sort des bergers et celui des monarques.
Certain jour, altérés, nos héros à l'affût
Trouvèrent un flacon rempli d'une onde claire,
   Et qui semblait demander qu'on la bût ;
    C'était justement leur affaire.
Ils allaient s'en gorger, mais ils virent bientôt
Qu'elle n'atteignait pas au sommet du goulot.
    « Que faire ? »
Dit à son fils l'oiseau. « Parbleu ! brisons le verre, »
Reprit l'enfant, lequel rien n'arrêtait jamais,

En paroles du moins. « Mais le verre est épais ;
Le briser sera chose assez embarrassante. » —
«Renversons la bouteille.— « Elle est par trop pesante.» —
          « Eh bien,
Il faut mourir de soif, car je ne vois plus rien. »
L'étourneau cependant va chercher une pierre ;
Il la jette au flacon : l'onde monte aussitôt ;
Une autre, puis une autre, enfin une dernière,
          La font sans peine arriver jusqu'en haut.
« Tu le vois, dit le père à sa progéniture,
L'invention supplée à la force du corps ;
Ne désespère point après quelques efforts ;
Tout se peut ; patiente, et cherche sans murmure. »

                              30 juin 1850.

11.

## X.

## LE LABOUREUR ET LA CIGOGNE.

Un laboureur, voyant que des troupes d'oiseaux,
Sans pitié, dévoraient, gaspillaient ses semences,
Objets de si rudes travaux,
Et ses plus chères espérances,
Se promit bien, avec filets, réseaux,
Maint artifice et mainte reginglette,
D'opérer des voleurs la ruine complète.
D'innombrables lacets il trahit ses sillons ;
Puis il y retourna, quand la nuit fut venue,
Et vit, se débattant, maint moineau, mainte grue,
Avec grand nombre d'oisillons.
Il les prit ; mais, tandis qu'il était en besogne,
Une cigogne,
Se tenant à peine, boitant,
S'en vint à lui clopin-clopant :
« Épargne, lui dit-elle, épargne ma misère ;
Je n'ai point pillé ton froment,
Et ne puis nullement
Mériter ta colère ;

La cigogne est l'oiseau le plus pieux,
    Et le plus tendre pour son père,
        Qui soit sous les cieux. » —
   « J'ignore, lui répondit l'homme,
Jusqu'où va ton amour envers tes vieux parents ;
    Je ne sais qu'une chose, en somme,
C'est qu'avec les pillards je te vois dans mes champs ;
      Et, quelle que soit ta conduite,
Prise comme eux, comme eux tu seras cuite. »


Fuyez donc les méchants ; si vous les fréquentez,
Vous serez ainsi qu'eux méprisés, détestés ;
D'ailleurs, notre nature est parfois inconstante ;
Et l'exemple a toujours quelque chose qui tente.


                3 juillet 1850.

XI.

## L'ENFANT ET LE CHAT.

Un enfant, le matin,
Dans un joli bois errait d'aventure,
Avec un biscuit plein de confiture.
Un gros chat, un mitis, comme on dit en latin,
Un chat, ainsi que les chats hypocrite,
Un chat, enfin, attiré par l'odeur,
Suivait le petit promeneur,
Pas à pas, comme un satellite.
Prenait-il un détour, messire le prenait ;
S'arrêtait-il, monsieur près de lui se tenait ;
Ce n'était que doux yeux, caresses de la patte,
Tendres miaulements, petits soins délicats ;
Certes, tout cela flatte,
Même dans les chats.
« Oh ! tu m'aimes donc bien, ma petite minette ? »
Dit l'enfant, et le chat de miauler un oui.
L'enfant, heureux, le front épanoui,
Lui présenta sa tartelette ;

Le chat y mordit fort, l'arracha de sa main,
    S'enfuit et rebroussa chemin.
« Ah ! s'écria l'enfant, le cœur gros de tristesse,
Intéressé flatteur, ce n'était pas pour moi
Que tu m'accompagnais avec tant de caresse,
    Mais pour mon biscuit, je le voi. »

4 juillet 1850.

## XII.

## LES DEUX CAILLES.

Deux cailles dans un champ un jour se disputaient ;
Et , s'il faut dire tout, ces cailles se battaient,
       Avec leur bec , avec leurs ailes.
Un chasseur, qui rôdait, vit bientôt leurs querelles ;
       Il accourut à petits pas,
         Visa , fit feu sur elles.
Les cailles en courroux ne l'apercevaient pas ;
       Toutes les deux , redoublant de furie ,
         Ne terminèrent leurs débats,
Que lorsqu'un même coup eut terminé leur vie.

6 juillet 1850.

## XIII.

## LE TAUREAU ET LES DEUX CHIENS.

Un taureau paissait l'herbe,
Frappant du pied le sol, dressant un front hautain;
Promenant alentour un œil lent et superbe;
On eût dit de ces lieux le maître souverain.
A quelques pas, deux chiens, lassés d'un long voyage,
Savouraient le repos sous un épais ombrage.
Le taureau les remarque, et le voilà près d'eux;
D'une voix insolente :
« Vous que j'entends, dit-il, traiter de courageux,
Où sont, race indolente,
Où sont tous vos exploits, tous vos traits de valeur?
Pour mon compte,
Je l'affirme, j'aurais grand' honte
De garder sous un arbre une telle torpeur. »
Mais les chasseurs, bien sûrs de leur vaillance,
Dédaignèrent le soin de prendre leur défense,
Et laissèrent tous deux
Sire taureau se moquer d'eux.
Il allait s'enfoncer dans la forêt profonde,

Quand deux loups, en qui gronde
Le mugissement inhumain
De la faim,
S'avancent ; l'animal au superbe visage
S'émut un peu du voisinage ;
Mais bientôt : « Je suis bon de m'effrayer ainsi,
Se dit-il, de cette canaille ;
Mes cornes, ma vigueur, mon imposante taille,
Ne vont-ils pas soudain les écarter d'ici ? »
Quel loup eut jamais peur ? Le long d'une broussaille
Le taureau vite s'accula,
Car les loups approchaient, et bientôt les voilà
Qui sautent sur le misérable,
Lui déchirent les flancs : il se défend en vain ;
Le couple le harcèle ; il va périr, enfin
Pousse un cri lamentable.
Les chiens ont, de leur lit, reconnu ses accents ;
Mais, oublieux de son outrage,
Ils accourent soudain, étranglent les brigands,
Et délivrent celui qui raillait leur courage.

7 juillet 1850.

### IV.

## LA PIE ET L'ÉPERVIER.

Parler trop, fait souvent plus de mal qu'on ne pense ;
On perd du temps, d'abord : le temps est précieux ;
Puis, tout ce que l'on dit, bien que plein d'innocence,
  Devient souvent pernicieux.

La pie et l'épervier nous en offrent la preuve.
  Dès longtemps madame était veuve,
Non de langue, s'entend, mais seulement d'époux,
Ce qui, je crois, pour elle était bien aussi doux.
  Parmi les touffes d'un vieux chêne
  Elle avait établi sa cour ;
Les habitants ailés de la forêt prochaine
  Allaient y jaser tout le jour.
Ce n'était point, sans doute, une dame méchante,
Mais plutôt de ces gens, dont la langue imprudente
   Chante
  A tout venant et sans raison,
Choses de leurs voisins, choses de leur maison.
L'épervier, ce soir-là, lui tenait compagnie ;

On causait : « Ma mie,
Dit-il très-indifféremment,
J'arrive aujourd'hui de voyage ;
Comment va donc tout notre voisinage ?
Je viens vous voir si rarement !
Surtout, ces jeunes tourterelles,
Tu te rappelles,
Avec lesquelles
J'ai chez toi conversé,
Un mois déjà passé ? » —
« Mais fort bien ; ce matin encor je les ai vues,
Là-bas, sur cet ormeau qui monte jusqu'aux nues. »
A ce mot,
Sire épervier la quitte, et sur l'orme bientôt
Il vole à tire d'ailes ;
Il fond à coups de bec
Sur les tourterelles ;
Il les dévore, et leurs petits avec.

9 juillet 1850.

## XV.

## LE LOUP ET LE LOUVETEAU.

« Mon fils, disait un loup, de sa plus douce voix,
                    Tu vois
                    Que l'homme
Nous regarde en tous lieux comme un épouvantail,
Une hydre dévorant et bergers et bétail ;
Et le plus malheureux, mon bon fils, c'est qu'en somme
                    Il peut avoir parfois raison.
Toi, mon fils, sois un ange, abstiens-toi de rapine,
                    Ne vis que d'aubépine,
                    D'air et de gazon. »
Un agneau, dont on vient de tondre la toison,
Tremblottant, égaré, soudain s'offre à leur vue ;
                    Adieu l'oraison ;
          L'aperçoit-on, sur ses pas on se rue,
          On le saisit, on l'assomme, on le tue,
          On le dévore. Et qui crois-tu, lecteur,
                    Commença le carnage ?
                    Ce fut le loup prédicateur,
                    Qui défendait le brigandage.

                              10 juillet 1850.

## XVI.

### L'OIE ET LE CHEVAL.

Savoir un peu de tout, mais rien parfaitement,
C'est être, à mon avis, instruit bien sottement.

　　　　Un jour, en son langage,
L'oie à peu près ainsi se plaignait au cheval :
« Moi qu'on traite partout de stupide animal,
Regarde quels présents j'ai reçus en partage ;
Comme l'homme à la fois, les poissons, les oiseaux,
Je puis habiter l'air, et la terre, et les eaux ;
Lasse d'errer, je vole ; et de voler, je nage. »
Le cheval répondit avec tranquillité :
　　　　« Tu nages, c'est la vérité ;
Mais as-tu su jamais t'enfoncer dans les ondes,
Demeurer, te nourrir dans leurs grottes profondes ?
　　　　Tu prétends voler ;
　　　　Mais tes lourdes ailes
　　　　Peuvent-elles,
Aussi haut qu'un ormeau, dans les airs circuler ?
　　　　Marcher ; mais, dès que sur la sphère

Tu te tortilles, ma commère,
En nasillant d'une voix aigre, amère,
Avec tes larges pieds et ton grand cou tout blanc,
Ne fais-tu pas rire chaque passant?
Quant à moi, je préfère
Ne demeurer que sur la terre,
M'y distinguer par ma beauté,
Mon courage, ma force et ma légèreté. »

11 juillet 1850.

## XVII.

## LE PÉDANT.

Observez d'un pédant la démarche importante,
Quand il passe, enfoui dans sa robe traînante ;
Et, dites franchement, ne croyez-vous pas voir
Un père de mulet, tout habillé de noir,
Qui, de l'homme singeant la démarche plus fière,
Fortement s'appuierait sur ses pieds de derrière,
Redresserait le nez, et s'en irait levant,
Pour se faire des mains, ses jambes de devant ?
Heureux si, pour donner la scène plus complète,
Il ne tient dans ses doigts la classique baguette,
Dont le terrible nom, vieux prophète de maux,
Fait reculer d'effroi tous les jeunes marmots !
Comme il compte pour rien le profane vulgaire !
Malheur à qui ne sait que *bellum* est la guerre !
Malheur à celui-là, car le pédant bientôt
En conclut par calcul : Cet homme égale un sot.

Un jour certain d'entre eux, au grotesque visage,
Faisait sur un trottoir le docte personnage,

Et se laissait du nez couler sur l'estomac
Les liquides débris d'un infâme tabac ;
Je crois même, je crois que sous son bras étique
Il serrait contre lui certain bouquin antique,
Qui, malgré ses trésors et de prose et de vers,
Était, je n'ose dire, était rongé de vers.
Un manant s'avançait sur une bête asine,
Et, peu respectueux pour la tête latine,
Quoiqu'il en fût tout près, ne se dérangeait pas,
Et ne s'empressait point de lui céder le pas.
« Quoi ! cria le pédant avec un ton tragique,
Maître insolent fieffé, sais-tu que ta bourrique,
Et par l'ordre des lois, et par le mien aussi,
Entends-tu bien cela, ne peut passer ici ? » —
« Eh ! répond le manant, riant de ces chicanes.
Pourquoi pas ma bourrique, aussi bien que les ânes ? »

20 juillet 1850.

XVIII.


## L'ANE QUI RÊVE.


Un âne dans un pré reposait sans façon ;
Son maître auprès de lui ronflait sur son bâton ;
Mais parlons du premier, qui seul nous intéresse.
Il se délassait donc ; là, rien de surprenant :
Nul ne dort plus serré que cette sotte espèce ;
          Mais cet âne songeait ;
Voilà ce que peut-être on aurait peine à croire ;
Il s'en faut cependant rapporter à l'histoire.
          Bien plus, cet animal rêvait
          La plus étrange chose,
          La métempsycose ;
Il a déjà posé ses vêtements velus ;
Ses oreilles, son cou, ses pieds n'existent plus,
          Ou du moins sont changés ; en somme,
          Cet âne, c'est un homme.
Le voilà maintenant possesseur d'un baudet,
          Qu'il fait
Défiler devant lui, quoiqu'avec grande peine.
accable de coups l'animal hors d'haleine ;

Et comme celui-ci détale à petits pas,
Il le gourmande : « Quoi ! tu n'avanceras pas ?
Maudit âne ! sot âne ! Il faut pourtant qu'il aille,
    Bon gré, mal gré ; que l'homme est malheureux
    D'avoir affaire à de telle canaille ! »
A peine achevait-il ces mots sentencieux
Sur la perversité de la famille asine,
Qu'un gros gourdin noueux, lui secouant l'échine,
L'arracha de son rêve, et le fit souvenir
    Qu'il s'en allait âne redevenir.

30 août 1850.

## XIX.

## DEUIL.

Mon cher ami, pardonne à la triste lenteur
De ma plume, il est vrai, mais non pas de mon cœur.
Hélas! encore en proie au malheur qui m'assiége,
Tout aux regrets rongeurs, comment reconnaîtrai-je,
Et ce vif intérêt, et cette affection,
Que tu m'as témoignés dans mon affliction,
Et ces tendres égards, auxquels, dans ma misère,
Ami, j'ai pu sentir une amitié de frère?
Tu veux que de mes maux je te trace le cours,
Et déroule à tes yeux le tableau de ces jours,
Où, nous enveloppant de peines éternelles,
La mort sur notre toit appesantit ses ailes.
La mort! A ce seul mot, plein d'une sombre horreur,
Je devrais m'arrêter, de respect, de terreur.
Je me veux cependant à ton désir astreindre;
Mais ce spectacle affreux, comment te le dépeindre?
Comment te présenter le tableau déchirant
Du cierge qui s'allume et de l'homme mourant?
Il est de ces moments, faciles à comprendre,
Que l'on sent ici-bas, mais qu'on ne peut pas rendre.

J'étais à la campagne, et dans un doux repos
Je retrempais mon zèle, après de longs travaux ;
Je recevais tes vers, et m'enivrais en sage
Du murmure des vents dans le dernier feuillage.
J'apprends qu'une voiture à la ville m'attend ;
Je pars, un peu troublé, mais tranquille pourtant,
Car à mon âge on rit, et l'on croit tout prospère ;
J'arrive. Dieu, que vois-je ! Ami, c'était mon père,
Depuis trois longs soleils chétivement couché ;
Je m'approche de lui ; son œil effarouché
Regarde fixement, me reconnaît à peine :
« Ah ! dit-il, c'est Olinde ! » Et sa brûlante haleine
S'échappe entrecoupée, et le délire affreux
Imprègne ses discours d'un désordre fiévreux.
O désespoir amer ! ô mémoire terrible !
Je tremble au souvenir de ce moment horrible.
Le soleil était sombre, et me semblait en deuil,
Comme un œil larmoyant en face d'un cercueil.
Deux jours passent ; la fièvre accroît sa violence ;
Et pourtant dans les cœurs règne encor l'espérance,
Détestable fléau, qui, dans les maux cruels,
D'un heureux avenir vient bercer les mortels.
Mais à la cinquième heure... Ah ! ma raison s'égare :
Hélas ! de mon esprit quel vertige s'empare ?
Je vois encor, je vois un vacillant flambeau
Jeter une clarté morne comme un tombeau ;
Quel est, sur ce chevet, ce corps blême, immobile,
Arrosé de sanglots, qui seul paraît tranquille ?
Quels sont ces bruits, ces pleurs, ces cris retentissants,

Ces cheveux arrachés et ces fronts pâlissants?
Mon ami, je me tais; tu me comprends sans peine;
Et tous me comprendront, s'ils ont une âme humaine.
Il est des mots cruels, qu'on ne peut prononcer,
Et que même la main se refuse à tracer.
Pardonne à mon silence, au motif qui l'inspire;
Silence plus affreux que tout ce qu'on peut dire.
Adieu. Veuille m'aimer comme je te chéris;
C'est surtout dans les maux qu'on a besoin d'amis.

Décembre 1850.

## XX.

## A UN VIEUX CHATEAU.

Salut, riant manoir aux tourelles altières ;
Salut, nobles créneaux à l'aspect menaçant ;
Et vous, murs que verdit le feuillage des lierres,
Chapelle aux vieux vitraux, beffroi retentissant.

Que ne puis-je vers toi guider mes pas volages,
Te voir, lorsque, chassant l'astre embrasé des jours,
La lune dans son plein, glissant sur les nuages,
Reflète ses rayons sur tes gothiques tours !

Que ne puis-je voguer sur cette onde riante,
Qui, du ciel au soleil réfléchissant l'azur,
Comme un serpent tordant sa queue étincelante,
Vient caresser tes pieds d'un flot tranquille et pur !

J'aimerais écouter ta réponse sonore,
Quand l'écho, de tes murs poétique trésor,
Comme un esprit plaintif qui dans l'air s'évapore,
Me répète le soir : Nabuchodonosor !

12.

Et, par les sombres nuits, les funèbres chouettes,
Dont les cris, se mêlant aux cris aigus des vents,
Sur le faîte neigeux des vieilles oubliettes,
Semblent les voix des morts qui parlent aux vivants.

J'aimerais, sous un arbre au majestueux dôme,
M'asseoir, et contempler, rêveur, silencieux,
Sur la cime d'un mont, gigantesque fantôme,
Ton donjon crénelé se dresser vers les cieux ;

Et plus bas, à mes pieds, tes sources argentines
Serpenter doucement au milieu des roseaux,
Puis, s'échappant soudain, descendre les ravines,
Sur le sable écumeux traînant leurs blanches eaux.

Je songerais aux temps, où de ces citadelles
Le baron cuirassé partait pour les combats ;
Où, près des damoiseaux, les jeunes damoiselles
Chantaient sur la guitare et se parlaient tout bas.

Mon âme alors, heureuse et d'extase ravie,
Des voix de la nature écoutant les accords,
Oublierait un instant les chagrins de la vie,
Et pourrait se bercer de suaves transports.

Retenu maintenant par un labeur austère,
Il me faut t'oublier, ô mon riant manoir,
Et loin de tes créneaux m'enfermer olitaire,
De la nuit à l'aurore et de l'aurore au soir.

Mais dans huit mois! huit mois, et, fuyant ma retraite,
O gracieuses tours, ô donjon adoré,
Calmes vallons, chéris du sage et du poëte,
Qu'avec bonheur alors j'irai, je vous verrai!

Janvier 1851.

## XXI.

## RÊVERIE.

Il est nuit ; je suis seul ; du muet firmament
Je contemple l'azur et la vaste étendue ;
La lune dans son plein, s'avançant mollement,
Illumine et blanchit une frange de nue.

Quelle invisible main sur les routes des cieux,
Astre, guide ton char autour de notre terre ?
Qui tantôt fait briller ton orbe radieux,
Et tantôt à nos yeux te voile avec mystère ?

N'entends-tu pas, mon âme, une voix qui répond,
Une voix s'échappant du sein de la nature ;
Une voix, au milieu du silence profond,
Qui bénit Dieu, l'auteur de toute créature ?

14 avril 1851.

## XXII.

### LA DERNIÈRE ROSE.

L'été fuit, et des fleurs les dépouilles fanées,
    Tristes jouets des aquilons,
Fleurs que du temps glacé la faux a moissonnées,
    Tombent et jonchent les vallons.

Une seule demeure, une rose naissante,
    Que ce matin j'ai vu fleurir,
Et qui déjà, penchant sa tête languissante,
    Semble demander à mourir.

Elle est seule; près d'elle, aucun bouton de rose;
    Près d'elle, aucun reste de fleur;
Mais chacune à ses pieds sur la terre repose,
    Privée et d'éclat et d'odeur.

Déplorable est ton sort, ô rose solitaire;
    O rose, je plains tes malheurs;
Puisque tes sœurs déjà reposent sur la terre,
    Eh bien, repose avec tes sœurs.

Douce fleur, faudrait-il, sur ta tige flétrie,
   Plus longtemps te laisser languir?
Eh! qu'est-ce que le jour, le soleil et la vie,
   Quand on est seul pour en jouir?

Non ; je vais te cueillir, et sur l'herbe répandre
   Tes feuilles aux fraîches couleurs ;
Portés sur les zéphyrs, tes débris vont s'étendre
   Auprès des débris de tes sœurs.

Et moi, lugubre fleur du vallon de la vie,
   Je me vois seul et délaissé ;
O rose, comme à toi, puisse une main bénie
   Anéantir mon cœur brisé !

          9 juin 1851

## XXIII.

## RÊVE D'AMOUR.

Couché sur un vieux tronc que bat l'onde plaintive,
Je poursuis du regard sa course fugitive;
Le soleil déjà haut y reflète ses feux;
Le zéphyr fait trembler les feuillages ombreux;
Et le bruit du zéphyr agitant le feuillage,
Et le fracas du flot qui baigne le rivage,
Et des troupeaux lointains le plaintif bêlement,
Et du voisin beffroi le pieux tintement,
Et le chant des oiseaux, sous les feuilles pressées,
Qui volent, gazouillant leurs notes cadencées,
Tout, tout fait retentir, d'un accent solennel,
L'hymne mélodieux de l'amour éternel.
Moi seul, j'écoute, hélas! le chant de la nature,
Sans mêler à sa voix une voix qui murmure.
O belle jeune fille, objet de ma douleur,
Que fais-tu loin de moi, toi que chérit mon cœur?
Songes-tu que je t'aime? Et toi, rose enfantine,
M'aimes-tu? Sur ces bords, près de l'onde argentine,
Sous le dôme mouvant de ces ombrages verts,

Sur cet arbre, où, couché, je module ces vers,
Si je pouvais te voir à mes côtés placée,
Ta tendre et blanche main dans la mienne pressée,
Écouter tes accents, y répondre tout bas,
Lire dans tes regards ce que l'on ne dit pas,
Contempler, fou d'amour, ton gracieux sourire,
Entendre ton beau sein qui doucement soupire,
Dans ton cœur épancher ce que voile mon cœur,
Baiser, baiser ton front où rougit la pudeur,
M'égarer avec toi dans ces plaines fleuries,
Avec toi m'y bercer de molles rêveries,
Je jouirais alors de ces riants tableaux ;
J'aimerais ces vallons, ces murmurantes eaux,
Ces rochers, ces vieux bois, ténébreuse retraite,
Où se joue en rêvant mon âme de poëte ;
Je sourirais à tout, et tout me sourirait ;
De bonheur à longs traits mon cœur s'enivrerait ;
Mais, hélas ! loin de toi, sans toi, ma bien-aimée,
Que me font ces objets, où mon âme abîmée
Ne trouve alors que vide et que mornes déserts ?
Vois-tu ce blanc oiseau qui vole dans les airs ?
Que lui font maintenant ces bois, cette campagne ?
On vient de lui ravir sa fidèle compagne ;
Naguère, tous les deux, ils chantaient tout le jour,
Tout le jour roucoulaient leurs cantiques d'amour :
Il est seul maintenant ; sa voix reste muette ;
La mort ferme déjà sa paupière inquiète.

12 août 1851.

## XXIV.

## SOUVENIRS.

Faut-il lire le Cid, ou les Adieux d'Homère,
Et l'enfant effrayé du casque de son père?
Ou, pour mettre une fin à mon oisiveté,
Traduire avec Dubois le *De Senectute?*
Peut-être ces travaux, non dépouillés de charmes,
Parfois contre l'ennui seront pour moi des armes;
Mais il est des instants, je ne le puis cacher,
Où le cœur à grands flots demande à s'épancher;
Où ne peut rien sur l'âme, abattue et pensive,
Du livre inanimé la science passive;
Où l'on sent dans le sein le besoin opprimant
D'un sein où vibre aussi quelque chose d'aimant.
Ah! ce bonheur si vrai, moi, je n'ai plus personne
Dont, pleine de douceur, l'amitié me le donne;
Ce bonheur si charmant, je le trouvais en toi :
Et depuis vingt longs jours tu n'es plus près de moi,
Cher ami; mais de loin ta mémoire m'inspire;
Ne te pouvant parler, je brûle de t'écrire.

13

Te souvient-il encor de nos excursions,
Lorsque sur nos chevaux, bouillants, nous nous lancions,
Ou qu'à pied tous les deux, par les grandes froidures,
Nous courions en riant chercher les aventures?
Nous courions, et la neige, à flots multipliés,
Semait des diamants sur nos habits mouillés.

J'aimais surtout ce mois, dont le retour fidèle
Aux toits de nos maisons ramène l'hirondelle ;
Où la terre au soleil semble s'épanouir ;
Où l'homme rajeuni sent son âme jouir.
Que les champs étaient beaux ! Tu cueillais l'aubépine,
Et murmurais tout bas le doux nom d'Ernestine ;
Et moi, je contemplais, rêveur, silencieux,
L'admirable nature et le dôme des cieux.
Puis, quand, le soir, au temple, une voix solennelle
Annonçait aux chrétiens la parole éternelle,
Unis pour le devoir, comme pour le plaisir,
Du pain vivifiant nous allions nous saisir.

L'été, dès que le coq, aux sons de sa trompette,
Tirait du doux repos notre oreille inquiète,
Nous nous jetions en garde, et, le fer à la main,
Du bruit de nos combats remplissions le jardin.
Sitôt que du soleil la chaleur attiédie
Rendait à notre corps la fraîcheur et la vie,
D'un gâteau maternel chargés bien volontiers,
Nous suivions de Mousseaux les tortueux sentiers.
Nos chapeaux à la main, dans l'âme la prière,

Nous passions près la croix, où la jeune bergère
Avait tressé, le jour, des couronnes de fleurs.
Le premier soir, je vis, les yeux mouillés de pleurs,
Rasé ce joli bois, dont tant de fois mon père
M'avait fait admirer l'ombrage solitaire.
Le beau soleil couchant rougissait l'horizon ;
Vénus étincelait sur la vieille maison.
Nous revenions du bain, joyeux et l'âme ardente ;
Et si d'un ver luisant la lumière imprudente
Le trahissait, caché dans l'herbe du chemin,
D'un fanal aussitôt il ornait notre main ;
Puis, passant dans les doigts de mon petit Camille,
Il éclairait longtemps la paisible charmille.

Souvent aussi, quand l'ombre, enveloppant les cieux,
Arrachait au travail nos regards studieux,
Nous aimions à Déols porter nos rêveries.
Te souvient-il encor de ces molles prairies,
Où notre Indre, formant mille petits ruisseaux,
Promène avec lenteur ses fécondantes eaux ?
Des arbres reflétés aperçois-tu l'image ?
Du rossignol encore entends-tu le ramage ?
Quels soirs délicieux ! quels spectacles puissants
Pour impressionner nos âmes de quinze ans !
En vain sur le beau ciel la nuit jetait son ombre ;
Phébé, reine au milieu des étoiles sans nombre,
Venait se refléter dans le cristal des eaux,
Et, de la vieille église éclairant les arceaux,
Sur les lierres rongeurs des murailles gothiques

On voyait s'avancer ses lumières mystiques,
Et courir sur les tours mille ombres fantastiques.
Saint-Denis blanchissait sur la colline, au loin;
Et partout dans les prés, cent montagnes de foin,
Que des femmes, le jour, la faux avait formées,
Exhalaient dans les airs leurs sèves parfumées.
Et notre petit pont, le petit pont de bois,
Dont la rampe craquait, frissonnait sous nos doigts!
Que nous aimions alors nous asseoir sur sa planche,
Et de nos pieds mutins tourmenter l'onde blanche!
Qu'il était doux, ami, le murmure des eaux
Qui venaient caresser les humides poteaux!
Par ces sites, ces bruits, que nos âmes bercées
Épanchaient mollement leurs secrètes pensées,
Et, loin de tout souci, de tout œil importun,
Leurs jeunes amitiés, mystérieux parfum!

Cher ami, c'était là le beau temps de la vie,
Auquel plus d'une fois nous porterons envie;
Car, si moi, je t'aimais d'une amitié de feu,
Je crois, n'est-il pas vrai? que tu m'aimais un peu.
Puisse ton cœur longtemps conserver ma pensée!
La tienne est à jamais dans mon âme fixée.
Mais peut-être, au milieu de tes nombreux travaux,
Tu m'auras oublié pour des amis nouveaux.

Quant à moi, si des vers le démon implacable
Ne me pressait le flanc d'un glaive formidable,
Je serais l'animal le plus infortuné

Qui du grand-père Adam sous la voûte fût né.

Mais, vois-tu, cher ami, quand mon âme abattue
Succombe sous le poids de l'ennui qui la tue ;
Lorsque j'ai relégué dans leur noire prison
Descartes, Malebranche, et le vieux Cicéron ;
Quand Bacon et Leibnitz de leurs tomes énormes
Étalent dans un coin les gigantesques formes ;
Si la lune surtout de son disque argenté
Sur mes rideaux blanchis reflète la clarté ;
Lorsque les douze coups de l'heure des fantômes
Vont leur livrer bientôt les terrestres royaumes :
Alors je prends 'a plume et je trace des vers ;
Je noircis à mon gré la page et le revers ;
Et tant que peut souffler ma poétique haleine,
Eh bien, je suis heureux et je bénis ma veine.
Le jour, je vais chercher, Lamartine à la main,
Un rayon de soleil dans un coin de jardin ;
Souvent aussi, fuyant une importune foule,
Je m'inspire aux coteaux du riant Bordesoule :
Là, je regarde l'onde ; elle passe, et je dis :
« C'est donc ainsi, mon Dieu, que s'en vont les amis ! »

Octobre 1851.

## XXV.

## PREMIER AMOUR.

Belle jeune fille,
Jeune fille aux yeux bleus,
Dont le regard brille,
Comme l'astre scintille
Dans l'azur des cieux,

Quand je t'ai connue,
Pour nous deux onze fois
Était revenue
La colombe ingénue
Roucouler au bois.

C'était à cet âge
Où tout chante, tout rit,
L'eau qui bat la plage,
Le tonnerre, l'orage,
Le vent qui furit;

A cet âge austère
Où l'on aime en tremblant,
Mais d'un cœur sincère,
Car alors l'âme est claire
Comme ton front blanc.

Que tu parus belle
A mon œil enfantin !
Fraîche et pure, telle
Une rose nouvelle
Sourit au matin.

Dès lors, tendre amie,
Tu me tins sous tes lois ;
Dès lors je t'ai chérie,
Comme on aime en la vie
Une seule fois.

29 novembre 1851.

## XXVI.

## TRISTESSE.

Quinze ans ! et le malheur me paraît implacable ;
Quinze ans ! dans le néant je voudrais revenir ;
A quinze ans, si déjà l'existence m'accable,
          Quel avenir !

On dit que dans le fiel ma plume pervertie,
Insultante, ne sait que déchirer, blâmer ;
Que je n'ai dans le cœur aucune sympathie,
Et suis un misérable, incapable d'aimer.

Ils n'ont pas vu, ceux-là, dans le fond de mon âme,
Tout ce qui s'est couvé de pieux et de grand ;
Tout ce qu'elle nourrit de noble et pure flamme,
          Et d'amour enivrant.

Tu me connaissais mieux, toi, mon malheureux père,
Toi dont le souvenir fait ployer mes genoux ;
Mais tu t'es envolé, sépulcrale chimère,
          Dans un monde bien loin de nous.

Et maintenant parfois je n'ai plus rien qui m'aime ;
Tous m'ont abandonné, parents, proches, amis ;
Ame qui fut mon père, ô viens, fantôme blême,
    Viens à ton fils.

Et toi, dans qui j'ai mis toute mon espérance,
Adonaï, Seigneur, éternel souverain,
Ne m'as-tu donc donné cette frêle existence,
Que pour me foudroyer sous tes flèches d'airain ?

Que ta volonté soit, ô Seigneur ; mais encore,
Si je pouvais trouver grâce devant tes yeux,
Toi si grand, toi si bon, Jéhovah que j'adore,
    Défends-moi du haut de tes cieux !

                  5 décembre 1851.

                         13.

## XXVII.

## ACROSTICHE.

Ma cousine aux yeux noirs, aux blonds cheveux flottants,
Agréez ce léger et poétique hommage ;
Tous les ans vous soignez les oiseaux du printemps :
Hé bien, comme eux je chante ; écoutez mon ramage.
Il vous lasse peut-être ; hélas ! j'en ai bien peur ;
Livrez mes pauvres vers à l'armoire voisine ;
Détestez la chanson, mais non pas le rimeur :
Entendez-vous cela, ma gentille cousine ?

9 janvier 1852.

## XXVIII.

## VISION.

« Les poëtes, grand Dieu ! les poëtes, dit-on,
Ce sont de pauvres fous ; et le sage Platon
Ne se repaissait pas d'une vaine chimère,
Quand de sa République il bannissait Homère.
A quoi peuvent servir leurs divagations ?
Que savent-ils, sinon quêter des pensions ?
Et qu'avons-nous besoin de poëmes, de livres ?
Que tout homme par an ait ses dix mille livres ;
Et qu'il raille bien haut tous les faiseurs de vers
Qui depuis Apollon fatiguent l'univers.
Guidé par un enfant, Homère, dans l'Attique,
Récitant pour du pain un lambeau poétique ;
Camoens à l'hôpital ; le Tasse emprisonné ;
Dante banni ; Milton méconnu, condamné ;
Chénier sur l'échafaud ; presque tous, loin du monde,
Dans le malheur, l'exil, traînant leur vie immonde :
Rien de plus naturel et de plus juste enfin ;
Tous ces fous fainéants doivent périr de faim. »

Voilà comme l'on parle. O sainte Poésie,
Belle enfant du soleil et des rêves d'Asie,
Souffle émané de Dieu, toi dont les ailes d'or
Se plaisaient à planer sur les cimes d'Endor,
Toi qui ris dans la fleur et chantes dans la brise,
Compagne des mortels que le ciel favorise,
Pardonne ces discours et ce dédain profond :
Hélas ! les malheureux ne savent ce qu'ils font.
Dès que la sombre nuit ramène le mystère,
Viens récréer, charmer mon âme solitaire ;
Viens : dans ton mol appui, moi, je me suis fié ;
Et dès mes tendres ans je t'ai sacrifié.
Descends encor, souris, seconde mes pensées ;
Enflamme à ton brasier mes phrases cadencées ;
Et que ces vains mortels, dont les cris triomphants
Raillent tes favoris, insultent tes enfants,
Sachent quelles faveurs, après ces jours d'alarmes,
Sous des cieux plus cléments récompensent leurs larmes

Sur les bords de la Creuse, ombragés de coteaux,
D'arbres amis de l'onde, et de mille châteaux ;
Où Gombaud a creusé ses grottes monastiques ;
Où se dressent du Blanc les rochers fantastiqués ;
Entre le mont sauvage où dominait Crosant,
Et le sombre manoir qu'a chanté George Sand,
Il est un vieux castel, qui, sur sa roche ardue,
De sept clochers lointains maîtrise l'étendue ;
Là, cascades, écho ; châtaignier, large tour,
Dont le pied trente fois mesure le contour.

Bien qu'en ses murs, suivant la publique chimère,
Le démon à midi méconnaisse sa mère,
J'aime dans ce donjon passer le temps d'été,
Au milieu de l'étude et de l'oisiveté.

Une nuit, près du bois, sur l'herbe des prairies,
Couché, j'abandonnais mon âme aux rêveries.
Bientôt je n'entends plus que l'oiseau voltigeant,
La cascade, qui roule une écume d'argent,
Et l'airain du beffroi, dans la tour taciturne,
Qu'agite le bras blanc d'un fantôme nocturne,
Dont l'écho redoublant les sons intermittents,
M'avertit en ami de la fuite du temps.
Tout gît dans le sommeil, tout, même la fiancée
Que priva d'un amant la tombe courroucée.
Dans les nuages bleus, la lune aux reflets d'or
Plane avec majesté sur le château qui dort;
L'ombre des vieilles tours, que dessine l'arène :
Les astres, pâlissant en face de leur reine,
Dont le lac vaporeux reflète les faisceaux,
Comme si des volcans jaillissaient de ses eaux ;
Ces voûtes de cristal, ceinture de la terre,
D'où s'échappent des flots d'éclat et de mystère :
Tout me fait tournoyer dans ce vague océan
Où jettent la nature et le vers d'Ossian ;
Mon âme plonge au fond de l'immense étendue,
Ardente, frémissante, égarée, éperdue ;
Et cependant mon cœur est en proie au souci,
Et je me dis tout bas : « Si Blanche était ici,

Ma Blanche de quinze ans, au sourire angélique ;
Si nous foulions tous deux ce champ mélancolique,
Moi pressant son doux bras sous mon bras amoureux;
Si Blanche était ici, que nous serions heureux ! »

Soudain un bruit éclate, un éclair étincelle ;
Un fleuve de lumière autour de moi ruisselle ;
De suaves odeurs, de célestes concerts,
Enchantent mon oreille, et parfument les airs ;
Et, dans le tourbillon d'une vapeur dorée,
Une vierge descend, gracieuse, éthérée ;
Elle s'arrête à moi ; le nuage brillant
Vers le ciel étoilé remonte en pétillant.
Telle et moins belle on voit, dans le monde d'Homère,
Aphrodite Astarté, fille de l'onde amère,
Traversant l'air docile en rapides élans,
Sur son char, attelé de deux coursiers volants,
Pour respirer l'encens que lui donne la terre,
S'abattre dans Paphos ou la molle Cythère.
Elle était jeune et belle, et son front virginal
Était pur et charmant comme un ciel matinal ;
Son regard, son sourire, étaient d'une immortelle.

« Eh quoi ! tu m'appelais, et maintenant, dit-elle,
Me méconnaîtrais-tu, mon rêveur bien-aimé ? »

Stupéfait, je restai muet, inanimé ;
Mais elle, d'une main plus douce que l'hermine,
Caressait mon menton, qu'une blonde étamine,

duvet printanier, ombrageait mollement ;

lèvre sur mon front s'appuyait doucement ;

, comme un frais zéphyr dans un chaud paysage,

haleine de miel ranimait mon visage.

« O Blanche, m'écriai-je, ô charme de mes yeux,

Quelle divinité te guide par les cieux ?

C'est un ange, sans doute, envoyé par Dieu même,

Un ange tout-puissant, qui te chérit et m'aime,

Qui, s'emparant de toi durant ton doux sommeil,

T'apporte, jeune vierge au sourire vermeil.

Tu songeais donc à moi, dans ta couche paisible,

Quand le sommeil, versant sa liqueur invisible,

Agitait tes pensers dans ton front endormi ?

Il est doux, je le sais, de rêver d'un ami ;

L'amour, c'est tout ; l'amour, c'est la divine manne,

C'est le souffle de feu qui du Seigneur émane,

Comme de ce torrent dont les flots débordés

Roulent, portant la vie aux vallons inondés. »

« Ami, répondit-elle, en effet, c'était l'heure

Où le sommeil divin vient fermer l'œil qui pleure ;

Il me fuyait ; mes yeux sur le bleu firmament,

A travers ma fenêtre, erraient avidement ;

Je regardais la lune aux lumières rieuses,

Les nuages, semés d'ombres mystérieuses,

Dont souvent les contours, bizarres, séduisants,

Font rêver dans le cœur les vierges de quinze ans ;

Je pensais à toi seul. Une forme céleste

M'apparut, me saisit, et, d'un vol aussi leste
Que l'éclair échappé des dents de l'horizon,
M'apporta près de toi, sur ce lit de gazon.
Ce messager divin, qui laissait de ses ailes
Émaner un soleil d'ardentes étincelles,
Et, de leur battement aux suaves accords,
Sur un nuage en feu faisait flotter mon corps,
C'est l'ange dont la lune entend la voix chérie,
L'ange du doux amour et de la rêverie.
Cependant, cette nuit, que son orbe mouvant
Roulait autour du nôtre, aussi prompt que le vent,
Il nous vit tous les deux, aimants et solitaires,
De nos âmes au ciel confier les mystères :
Tel le ramier des bois, lorsque le ravisseur
A dans un lacs affreux surpris sa blanche sœur,
Gémit dans le bosquet qui n'est plus rempli d'elle,
Et redemande à tout sa compagne fidèle.
L'ange se dit : « Allons, et prenons pitié d'eux ; »
Il vint, et maintenant nous voici tous les deux. »


« Oui, nous voici tous deux, ô Blanche, répondis-je ;
Nous voici réunis par un divin prodige ;
O Blanche, jouissons des instants précieux,
Du parfum, du silence, et des astres des cieux,
Que la main du Seigneur, créatrice et brûlante,
Lança pour attester sa puissance parlante,
Et pour qu'à son nom seul on tombât à genoux :
Vierge à l'âme de cygne, aimons-nous, aimons-nous

ous, jeunes, de l'amour épuisons les calices ;
L'amour seul peut verser d'abondantes délices. »

Alors je l'entraînai sous les chênes touffus,
Où de l'esprit des bois glissait le bruit confus,
Murmure que du jour étouffent les murmures,
Mais qu'on entend, la nuit, comme un fracas d'armures.
Je l'entraînais ; ma main à sa main se liait ;
Mon bras autour du sien se pressait, se pliait :
Mes lèvres s'attachaient à ses lèvres brûlantes,
Comme le papillon aux fleurs étincelantes ;
Et j'aspirais le souffle exhalé de son sein,
Doux, pur comme le miel qu'on arrache à l'essaim :
Et ce que nous disions, la voix basse et timide
Comme un chant de ruisseau qui baise l'herbe humide,
Ce que nous nous disions de jeune, d'enivrant,
De tendre, d'embrasé, de céleste et de grand,
Et tout ce que disaient, dans notre beau délire,
Nos yeux, livre de flamme où le cœur aime à lire,
Nos serrements de main, nos doux embrassements,
De notre cœur ému les prompts frémissements,
Le soupir, qui, brûlant, des poitrines s'élance,
Et l'extase mêlée au suave silence,
Vous l'avez entendu, vous, étoiles des cieux,
Qui voyez d'un regard l'univers spacieux,
Et vous, qui des forêts, brises crépusculaires,
Agitez en chantant les têtes séculaires.

Tous deux, épanouis, bénissant le Seigneur,

Nous ne faisions qu'un être enivré de bonheur,
Quand soudain le vieux bois à la cime arrondie
Nous parut dévoré par un vaste incendie.
Que c'est épouvantable, hélas! mais que c'est beau,
Dans un dôme touffu, gigantesque flambeau,
Le feu tourbillonnant, qui se tord et vacille!
Comme une éruption du volcan de Sicile,
Il rougissait l'éther et nous éblouissait :
Tel, du prêtre Jéthro quand Moïse paissait,
Sur l'Horeb, les brebis à la laine pendante,
Le Seigneur apparut dans une haie ardente :
Tel le bois flamboyait. Une voix en sortit,
Et la harpe éolique en ces mots retentit :

« Ne craignez point; goûtez un bonheur sans mélange;
Des premières amours, mes enfants, je suis l'ange;
Je vous ai réunis, et je vais à présent
Vous faire traverser l'éther obéissant,
Vous montrer près de vous quel est l'astre qui passe,
Et comment à ma voix il se meut dans l'espace. »

Il dit; comme ce globe, empli d'un gaz léger,
Que Paris fait dans l'air bondir et voyager,
Par une attraction merveilleuse, inconnue,
Nous fûmes enlevés et portés dans la nue,
Blanche et moi, par nos bras enlacés mollement.
Sous nos pieds s'effaçaient, fuyaient confusément
Les colonnes, les monts, au milieu des ténèbres,
Comme dans le lointain des figures funèbres;

L'océan Atlantique, orageux et tremblant,
S'étendait sur la terre ainsi qu'un manteau blanc ;
Et la terre tournait ; et l'humaine famille,
Troupe de petits nains qui sur ses flancs fourmille,
Suivait sans le comprendre, et les uns tournoyaient
Vers le soleil en feu, que les autres fuyaient.
J'admirais en silence. Une scène imprévue
Resplendit tout à coup à ma débile vue ;
Ah ! telle que jamais n'en perçurent des yeux,
Avant que, loin du corps, esprit silencieux,
L'homme s'élève à Dieu, le juge qui dispense
Aux crimes châtiment, aux vertus récompense ;
Nous venions de franchir ces nuages trompeurs
Qui dérobent le jour sous leurs froides vapeurs ;
Et le ciel dominait nos têtes alarmées,
Le grand et le vrai ciel du vrai Dieu des armées.

Des millions de feux, d'un volume géant,
Resplendissaient au loin dans l'abîme béant,
Plus grands que ce que peut imaginer un rêve,
Plus nombreux que le sable épandu sur la grève.
La plupart, suspendus parmi l'immensité,
Restaient calmes et fiers dans l'immobilité ;
On eût dit qu'une main gigantesque, invisible,
Soutenait dans les airs leur atôme paisible.
Les autres, entraînés par leurs rotations,
Traçaient en sens divers mille évolutions :
Tels, lorsque le soleil s'enfuit vers l'Atlantique,
Et rougit aux vitraux la tourelle gothique,

Les oiseaux du Seigneur, amoureux du printemps,
S'assemblent, sèment l'air de leurs cris éclatants ;
Longtemps, d'un léger vol, leur légion immense
Rivalise, se croise, arrive et recommence :
Tels ces astres jetaient, dans l'espace emportés,
Une grande harmonie et de grandes clartés.

Là tournoyait le vieux et l'immense Saturne,
Dont nous apercevons, dans la voûte nocturne,
Les deux larges anneaux, tels qu'un sceptre puissant,
Ceignant d'un empereur le front éblouissant ;
Saturne, qui rayonne, entouré de mystère,
Si loin, et mille fois plus vaste que la terre.
Ici, l'astre agité dont l'éclat amoureux
Aux terrestres amants promet des soirs heureux ;
Et Mars, qui, tacheté de rouge et de vert pâle,
Jette divinement les reflets de l'opale.

Tous ces mondes vivants, qu'Élohim enfanta,
Que son verbe fécond dans le vide jeta,
Font à sa Trinité monter, dans leur délire,
Un hymne harmonieux comme un hymne de lyre ;
Et leur voix, s'élevant au Dieu du mont Sina,
Répand dans l'infini l'éternel hosanna.
Cette adoration, cette langue rhythmique,
S'échappe avec des flots de myrrhe balsamique,
Comme du cœur humain, ce divin encensoir,
La prière en parfum s'élève chaque soir ;
Et tout vient aboutir à cette ardeur immense,

Dont l'explication donnerait la démence,
Dont l'esprit, du milieu de la création,
Sur l'infini s'étend en splendide rayon,
Que nous appelons Dieu, Jéhovah, suprême Être,
Le seul vrai, le seul bon, le seul grand, le seul maître.

Nous montions ; au-dessous du ciel qui rayonnait,
La terre, en s'avançant, sur son axe tournait,
Noire, dans les vapeurs qui forment sa ceinture,
Et la plongent, vivante, en une sépulture.
Déjà de son soleil les rayons réfléchis,
Que la lune renvoie affaiblis et blanchis,
Font moins de cette sphère étinceler la face ;
Plus nous nous approchons, plus son éclat s'efface,
Et plus nous apparaît son globe montueux,
Que traversent de mers mille bras tortueux.

Sur le plus haut des monts rayonne le bel ange,
Membre immatériel de l'ardente phalange ;
Des bois grands et touffus, et pleins de profondeur,
L'ombragent comme un dais, et l'arrosent d'odeur,
Laissant épanouir en tous lieux sur leur tige
Une vivante fleur, qui chante et qui voltige,
Dont le duvet soyeux, d'un reflet incessant,
Revêt les sept couleurs de l'arc éblouissant ;
Une auréole d'or, qu'une flamme environne,
Plane au-dessus de l'ange en splendide couronne.
Timides, éblouis à ce divin aspect,

Près de lui, Blanche et moi, marchons avec respect ;
Il nous regarde alors, nous rassure d'un signe :

« Venez, cœurs aussi purs que la neige du cygne,
Dit-il ; ne craignez rien ; sous ce bois éclatant,
Entrez, jeunes amis qui vous chérissez tant. »

Nous entendions sa voix ; mais ce n'était pas celle
Dont l'homme peut vêtir les pensers qu'il recèle,
En se servant de mots aux voiles impuissants ;
Ces voiles n'étaient plus ; nous n'avions plus de sens,
Et nous pouvions, esprits pleins d'une sainte flamme,
Entendre, dire, voir, sentir tout avec l'âme,
Comme, durant la nuit, seul et silencieux,
Un couple se regarde et se parle des yeux.

« Voyez-vous sur ces monts ces ombres éthérées ?
Poursuivit l'habitant des demeures sacrées ;
Sachez ce qu'elles sont ; jeunes audacieux,
Soyez initiés aux mystères des cieux.
Mais, sur tout ce qui va vous frapper les oreilles,
N'allez pas vous former des images pareilles
A celles que de l'homme entrevoit l'esprit vain ;
Il ne peut pénétrer ce qui n'est que divin,
Et comprend seulement l'expression charnelle.

» Tous ceux que Dieu toucha de la flamme éternelle,
Qui s'en vont par la terre en chantant le Seigneur,
Le beau, le grand, héros, printemps, amour, bonheur,

Cherchant le vrai partout ; d'une voix cadencée,
Exhalant les transports de leur âme oppressée ;
Qui savent au besoin, d'un tonnerre puissant,
Frapper le criminel et venger l'innocent,
Et, dans un libre vers, attaquer sur le trône
Un roi, tyran sauvage, ou stupide matrone,
Mais présenter aussi, toujours pleins d'équité,
Jusqu'au fond de l'exil, un encens mérité ;
Ces hommes aux chants doux, aux âmes inquiètes,
Demi-dieux que le monde appelle des poëtes,
Quand leurs liens mortels ne les retiennent plus,
Viennent goûter ici le bonheur des élus.

» Pourtant, comme il en est qui n'ont pas sur la terre
Pieusement rempli leur sacré ministère,
Mais qui, pervertissant d'un vers licencieux,
Raillaient de tout, lançaient l'insulte jusqu'aux cieux,
Pour ne point les plonger au fond du gouffre immonde
Où viennent se vautrer tous les vices du monde,
Ceux-là, dans cet Éden, les soins du Dieu martyr
Les laissent s'épurer au feu du repentir,
Espérant, car le bien est toujours son étude,
Pouvoir les faire entrer dans la béatitude,
Le jour où le clairon du fatal séraphin
Des hommes de la terre annoncera la fin.

» Ces divins inspirés, dont à vos yeux la vie
Apparaît couronnée et de gloire suivie,
Et dont les seuls lauriers, où le vent vient frémir,

Noble émulation, t'empêchent de dormir,
La plupart, courageux et fiers sous les blessures,
Ont de maux assidus enduré les morsures;
Leurs plus beaux jours sont ceux que l'amour éclaira
Car l'amour est divin, et toujours donnera
Largement aux cœurs purs un bonheur sans mélange.
Les voici maintenant unis chacun à l'ange,
Femme dont le doux nom, en mille endroits chanté,
Marche avec leur génie à l'immortalité.
Ils contemplent souvent, sur leur belle patrie,
Les lieux où se passa leur enfance chérie,
Où la première fois se parlèrent leurs yeux,
Où leur cœur s'enivra de l'air délicieux
Qui mollement murmure et qu'ensemble on respire,
Quand le soupir d'amour sur les lèvres expire. »

Nous gravîmes alors aux sommets des ravins
Où faisaient leur séjour ces prophètes divins.
La belle adolescence à la fleur éphémère,
Qui sur terre s'enfuit ainsi qu'une chimère,
Rayonnait sur leurs fronts, lumineux, imposants,
Inondés des parfums d'un beau front de quinze ans.
Certes, dans les hauts lieux, leurs célestes amantes
Exhalaient des douceurs et des grâces charmantes;
Mais Blanche aussi, ma Blanche, aux regards enchantés
Était belle, au milieu de ces mille beautés.

« Voyez cet homme aux yeux flamboyants de génie,
Nous dit l'ange; ce fut l'aveugle d'Ionie;

Abandonné, sans pain, plein de soucis amers,
Il errait sur le bord des mugissantes mers,
Récitant à la nuit, à l'onde convulsive,
Les vers qui débordaient de son âme pensive,
Vers plus mélodieux qu'une brise d'été,
Sublimes de grandeur et de simplicité.
De l'âge à ses regards l'infirmité morose
Dérobait le ciel bleu, l'Aurore aux doigts de rose ;
Mais ce qui, dans l'enfance, avait frappé ses yeux,
Revivait dans son cœur, plus beau, plus gracieux.

» Près de lui, voici Dante, effroyable génie,
Qui, dans la sainte joie et la peine infinie,
Et les feux de rachat et d'expiation,
Marcha si grandement avec sa fiction.

» Là, Shakspeare ; le Tasse, avec Éléonore ;
Corneille, le premier dont la France s'honore ;
Là, Virgile, Camoens, Arioste, Milton,
Byron, Gœthe, Klopstock, Ossian le Breton,
Racine, André Chénier, La Fontaine et Molière,
Dont chacun aime tant la muse familière.

» Ici, c'est Despréaux, qui, des mauvais rimeurs
Ne supportant jamais les bizarres humeurs,
Raillait tout écrivain, poëte sans génie,
Estropiant la langue ou choquant l'harmonie.
Son esprit indigné se courrouce à présent
Qu'il voit de sa raison l'inutile présent,

14

De vos faciles vers l'éclatante faiblesse,
Leur abondance vide et leur peu de noblesse. »

La satire était vraie; et moi-même souvent,
Quand, mes livres en main, je m'en allais rêvant,
Je m'étais dit qu'hélas! la sainte Poésie
A dès longtemps perdu son parfum d'ambroisie,
Dès longtemps déserté le mont aérien,
Raillant de toute chose et ne croyant à rien.
Aussi je m'approchai du fougueux satirique;
Et je lui demandai quel souci chimérique,
Comme un nuage obscur qui noircit l'horizon,
Tourmentait sa pensée et troublait sa raison.

« N'est-ce rien, me dit-il, d'avoir passé ma vie
A fouler à mes pieds les brigues et l'envie,
Pour redresser le goût et guider le bon sens,
Et de voir aujourd'hui mes travaux impuissants?
Je n'eus jamais, dit-on, l'enthousiaste ivresse
Que versent le jeune âge et l'ardente tendresse,
Et j'ai même parfois laissé dans mon chemin
S'égarer la raison, qui me tenait la main;
Puissent tous vos auteurs, si fiers de leur faconde,
Entendre comme moi sa parole féconde,
Et ne point l'outrager dans leurs vers discordants,
Sans style et sans idée, obscurs et redondants!
Que dire du théâtre, et de la noble scène,
Qui maintenant se vautre en une fange obscène?
Qu'a-t-elle? Rien de grand, plus de simplicité;

Du burlesque, vêtu du nom de vérité ;
Une intrigue embrouillée, obscure, extravagante,
Qui transforme un plaisir en chose fatigante.
Quand donc, loin du difforme et du mystérieux,
S'enfanteront des vers d'un travail sérieux,
Qui nous offrent du monde une exacte peinture,
Reproduisent la voix que parle la nature,
Conduisent l'homme au bien, et, pleins de majesté,
S'avancent d'un pas sûr à l'immortalité ?
Car vos livres fameux, vos millions de tomes,
S'effaceront dans l'ombre, ainsi que des fantômes,
Et l'aube aux yeux dorés n'en verra plus demain
Que des lambeaux perdus aux ronces du chemin. »

Je m'éloignai, laissant le satirique austère
Déchaîner sa fureur, comme autrefois sur terre.
L'ange alors nous pressa dans ses bras indulgents,
Mit nos mains dans nos mains, et nous dit : «Jeunes gens,
Avant de vous quitter, que ma voix vous bénisse,
Et, s'il plaît au Seigneur, à jamais vous unisse.
Aimez-vous ; ignorez quels sourires moqueurs
Fait grimacer aux sots l'union de deux cœurs ;
Soyez heureux. » Il dit ; et voilà que sa face
D'un feu resplendissant s'illumine, et s'efface ;
Nous sentons sous nos pieds la sphère qui frémit ;
D'un fracas foudroyant l'espace au loin gémit ;
Des éclairs, aux lueurs gigantesques, sanglantes,
Glissent, et ferment d'effroi nos paupières tremblantes.
Comme on se voit, la nuit, dans un rêve de sang,

Percer le sein d'un glaive affreux et menaçant,
· Ou renverser d'un pic, dont la cime voltige,
Dans un gouffre béant, qui donne le vertige ;
On s'éveille en sursaut, hérissé de terreur :
Tel je tombai soudain, mon front suant l'horreur,
Et me trouvai, de pleurs les paupières voilées,
Seul, près du lac d'azur aux ondes étoilées.

Février-juillet 1852.

## XXIX.

## DAPHNIS ET NAÏS.

Déjà, sortant des flots, l'Aurore, en souriant,
Rougissait, bleuissait, argentait l'orient;
Le zéphyr matinal, de ses molles haleines,
Caressait les forêts et les herbes des plaines;
Et son frémissement, et la voix des oiseaux,
S'alliaient avec joie au murmure des eaux.
Assise sur le sable et l'algue du rivage,
Sous un berceau de lierre et de vigne sauvage,
Naïs, la jeune Nymphe aux bras blancs, aux grands yeux,
Blonde comme le miel, svelte, aux seins gracieux,
Caressait une tendre et douce tourterelle,
Qu'elle faisait chanter et se jouer sur elle,
Dans le cristal des flots contemplant sa beauté.

« Colombe, disait-elle, oiseau blanc d'Astarté,
Connais-tu mon Daphnis, l'enfant aux tresses blondes?
L'as-tu vu dans les champs, dans les bois, près des ondes?
L'hibiscus à la main, gardait-il ses troupeaux?

14.

Modulait-il des airs sur ses frêles pipeaux ?
Il chante mieux que toi, plaintive tourterelle,
Mieux qu'un pin frémissant et mieux que Philomèle,
Mon Daphnis. Oh ! bientôt tu viendras dans ces lieux,
Mon Daphnis ; et bientôt je verrai tes beaux yeux ;
Et toi, tu me verras. Mais il est si timide !
L'autre jour il passait près de ma grotte humide ;
Et moi, je m'écriais : « Qu'il est beau ! qu'il est beau ! »
Mais lui, baissait les yeux et suivait son troupeau.
Beaux, jeunes, aimons-nous, car la rose est fanée
Quand on laisse passer la première journée. »

Déjà retentissait un murmure lointain,
Et le long tintement des clochettes d'airain.
C'était le beau Daphnis, qui dans ces champs propices
Allait paître ses bœufs et ses molles génisses.
La Nymphe l'appela ; Daphnis invoqua Pan,
Et, tremblant, se rendit aux bords de l'Océan.

« Approche, beau pasteur de ces taures neigeuses ;
Viens sur les bords sablés des vagues orageuses ;
Je veux te dire un mot. Viens, donne-moi la main,
Enfant ; repose-toi la tête sur mon sein ;
J'aimerai sur mon sein ta tête reposée.
Tes troupeaux paîtront l'herbe, où perle la rosée ;
Viens. Vois cet oiseau pris sur un genévrier ;
Le veux-tu ? » — « Je veux bien, » répondit le bouvier.
« Enfant, tu chantes mieux que cette tourterelle,
Mieux qu'un pin frémissant et mieux que Philomèle,

Eh bien, répète-moi tes chants sur le hautbois,
Et je te donnerai le bel oiseau des bois. »

### DAPHNIS.

Je ne souhaite, moi, ni tunique opulente,
Ni demeure d'ivoire et d'or étincelante ;
Mais, par un beau soleil, sous des ombrages verts,
Près d'un ruisseau qui rit, j'aime dire des vers ;
Aux Muses, tous les mois, d'une chèvre choisie
J'offre dans ces vallons le fumet d'ambroisie.

Fille de Mnémosyne, ô Muse des bergers,
Chantons, chantons des vers sur les pipeaux légers,

Douce est à la Naïade une Amphitrite amère ;
Doux à l'agneau naissant est le lait de sa mère :
Et doux à l'univers est le jeune printemps ;
Glace rigide, pluie, impétueux autans,
Tout fuit ; le beau soleil chasse les noirs orages,
Fait chanter ses oiseaux et verdir ses ombrages.

Fille de Mnémosyne, ô Muse des bergers,
Chantons, chantons des vers sur les pipeaux légers.

Au printemps, sur le sol qu'une onde fraîche arrose,
D'un bouton merveilleux naît et rougit la rose ;
La rose, l'œil des fleurs, l'ornement du festin,
Brille, parfume l'air, mais ne vit qu'un matin ;

Des amantes la rose embellit la ceinture ;
La rose des pasteurs défend la sépulture.

Cesse tes chants volant sur les pipeaux légers,
Fille de Mnémosyne, ô Muse des bergers.

NAÏS.

J'aime ta tendre voix, plus douce que la brise ;
Voici la tourterelle à tes chansons promise ;
Comme elle est belle et blanche ! et quel suave éclat
Reflète le duvet de son cou délicat !
Donne ton front limpide, à présent, que j'y pose
Le mol et doux baiser de ma lèvre de rose ;
Sans doute, sous le ciel nocturne ou matinal,
Tu n'as jamais connu le baiser virginal ?

DAPHNIS.

Jamais ; et l'on m'a dit que c'est bien peu de chose,
Le baiser fugitif d'une bouche de rose. `
Que la tienne est brûlante !

NAÏS.

                        Elle brûle d'amour.
La mienne, bel enfant.

DAPHNIS.

Mais pourquoi, l'autre jour,
Quand Mnasylos, ami des chanteuses abeilles,
Volait pour butiner sur tes lèvres vermeilles,
Le repousser, t'enfuir, et faire tant de bruit ?

NAÏS.

On ne donne un baiser qu'à ceux que l'on chérit.

DAPHNIS.

Et moi, tu m'as baisé ; Naïs aux blondes tresses,
Tu m'aimes donc ?

NAÏS.

Je t'aime.

DAPHNIS.

Oh ! combien tes caresses,
Et l'ardeur de ta lèvre, et ces mots me font peur !
Sur mon front se répand une obscure vapeur ;
Je me trouble et je sue ; et ma jeune poitrine
Tremble et bat, comme au vent une fleur purpurine.

## NAÏS.

Je ne suis pas méchante, ami, reste en mes bras;
Ne crains rien ; je ferai tout ce que tu voudras,
Tout; s'il le faut, de toi je m'éloignerai même ;
Mais écoute-moi bien, oh ! je t'aime, je t'aime,
Je t'aime, bel enfant, comme un tendre arbrisseau
Se plaît à boire l'onde aux rives d'un ruisseau ;
Comme toi, tu chéris la chanteuse divine ;
Comme la chèvre blanche, une ombreuse ravine ;
Comme un essaim pressé court, d'un vol transparent,
S'enfoncer en avril dans le buis odorant!
Eh bien, réponds, qu'au moins ta voix se fasse entendre,
Parle, veux-tu m'aimer d'un amour aussi tendre ?
Tu le vois, je suis belle; ami, regarde-moi,
Dis-moi si je suis belle et bien digne de toi !
De myrte et de jasmin ma chevelure ornée
Brille comme Cérès, de safran couronnée ;
Mes yeux sont grands et fiers ; mon vaste sourcil noir
S'étend sur mon front blanc comme une ombre du soir;
Et lorsque je souris, quand ma lèvre soyeuse
Découvre de mes dents la guirlande joyeuse,
On croit voir, au milieu d'une pourpre de Tyr,
Sortir le marbre blanc, l'aubépine sortir.
Mon sein, gonflé d'amour, soupire et se dessine
Sous ma robe de lin, comme en l'onde argentine
On voit d'un sable d'or les agiles monceaux
S'arrondir, soulevés par les sources des eaux,

Ah ! si tu l'avais vu, lorsque, sur la fougère,

La brise a détaché ma tunique légère,

Enfant ! Je suis habile aux travaux de Pallas ;

Aucune de mes sœurs, dont les pieds délicats

Foulent en bondissant les coteaux de Sicile,

Ne sait mieux gouverner la quenouille docile,

Et, du pouce, tournant le rapide fuseau,

Le faire en murmurant voler comme un oiseau.

Droite, sans haleter, je sais, par les campagnes,

Fendre l'air, comme un faon devancer mes compagnes ;

Quand Phébé dans les cieux promène sa clarté,

Je sais, pour divertir Aphrodite Astarté,

Sur les coteaux, battus par les vagues bruyantes,

Partager de mes sœurs les danses tournoyantes,

Ou, mariant ma voix aux sons de la pectis,

Exciter en chantant leurs groupes ralentis ;

Je sais, grande et légère, ou me plonger dans l'onde,

Ou la fendre, montrant ma chevelure blonde :

Mais mieux que de fureur faire l'onde écumer,

Que danser, que courir, je sais, je sais aimer,

Aimer, ô bel enfant, et c'est toi que j'adore,

Toi qu'au retour des nuits, toi qu'à la douce aurore,

Toi que partout, toujours, je demande et je veux !

Resteras-tu de roc et d'airain à mes vœux ?

Dons, promesses, baisers, pleurs, prières, tendresse,

Mais as-tu donc sucé le lait d'une tigresse ?

Rien ne t'émeut ? Pitié pour mon cœur abattu !

Réponds-moi, réponds-moi, m'aimes-tu ? m'aimes-tu ?

### DAPHNIS.

Un charme irrésistible auprès de toi m'enchaîne,
Comme un lierre s'attache à la tige du chêne ;
Je me sens tout troublé, tout émue est ma voix.

### NAÏS.

Tu m'aimes, beau Daphnis ; bel enfant, je le vois,
Tu m'aimes. Oh ! l'amour est une douce chose ;
Et l'amour est plus beau que n'est belle la rose.
Que je vais t'embrasser ! Que nous serons heureux !
Dis-moi, quand de la nuit le voile ténébreux
S'avance avec l'éclair, l'orage, sur la terre,
Dans ta grotte éveillé, sur ton lit solitaire,
N'as-tu frémi jamais ?

### DAPHNIS.

              Jamais je n'ai frémi,
Mais j'ai bien souhaité d'être auprès d'un ami ;
Je cherche bien souvent, sous la brûlante laine,
Une amicale main qui rassure la mienne.

### NAÏS.

Et tu n'en trouves point sous tes doigts caressants ;
Eh bien, mon beau pasteur des taureaux mugissants

Il faut nous marier : nous dormirons ensemble;
Je prendrai dans ma main ta douce main qui tremble ;
Et nous écouterons, tranquilles et contents,
Le tonnerre céleste et les cris des autans.

Ils restèrent ainsi jusques à la vesprée ;
Le soleil, enflammant la voûte diaprée,
Disparut, et rendit la terre au doux repos.
Tous deux, les jours suivants, mêlèrent leurs troupeaux ;
Et bientôt retentit la chanson fortunée :
« Viens, Hyménée Hymen, viens, Hymen Hyménée. »

Avril 1852.

15

## XXX.

## CHROMIS.

Le jeune et beau Chromis aimait la blanche Irène ;
Mais, ainsi que le vent se moque de l'arène,
Quand, tournoyant, sonore, et prompt comme un éclair,
Il vole, la soulève, et la lance dans l'air,
Irène méprisait sa plainte échevelée,
Et ses cris, et de pleurs sa paupière voilée.

Un jour que du soleil le disque étincelant
Rayonnait au-dessus de l'Olympe brûlant,
Chromis abandonna les plaines gazonneuses,
Où les dogues veillaient sur ses brebis laineuses,
Puis, tremblant, espérant, et beau comme un beau jour,
D'Irène aux tresses d'or il gagna le séjour ;
Là, confiant ses pleurs à la forêt prochaine,
Il cisela ces vers sur l'écorce d'un chêne :

« La terre tous les ans vieillit, semble mourir ;
Mais bientôt on la voit quitter, pour refleurir,

L'aspect triste et flétri de la vieillesse austère ;
Elle renaît plus belle : et nous, comme la terre,
Tous, heureux, malheureux, nous marchons au trépas ;
Comme elle tous les ans nous ne renaissons pas.
Jouissons du bonheur et des heures ailées ;
Quand jeunesse et beauté se seront envolées,
Irène, ce sera pour ne plus revenir ;
Il n'en restera rien, rien que le souvenir.
Aimons-nous, à l'amour ne soyons point rebelles ;
Aimons-nous bien, ô toi, la plus belle des belles ;
Vois, tout aime à présent, les oiseaux les oiseaux,
Et l'abeille l'abeille, et, chantantes, les eaux
Aux fleuves amoureux se joignent elles-mêmes :
Et moi, je te chéris et je veux que tu m'aimes,
Irène. Un soir de mai, que c'était un beau soir !
Devant notre maison, au banc, tu vins t'asseoir ;
Phébé te regardait ; j'amenais de la plaine
Mes troupeaux ralentis par le poids de leur laine,
Qui bêlaient, et faisaient tinter l'airain tremblant ;
Je t'aimai : mais toujours, blonde vierge au cou blanc,
Tu te ris de mes pleurs ; allons, ma bien-aimée,
Viens avec tes yeux bleus, ta poitrine embaumée ;
Je t'en supplie, accorde au malheureux Chromis
Quelques tendres propos, quelques regards amis. »

Irène lut ces vers, et, choisissant près d'elle
Un hêtre de cent ans à l'écorce fidèle,
Grava pour le berger ce discours complaisant,
Qu'il vit à l'autre aurore et lut en le baisant :

« Tes vers sont gracieux, Chromis, ils m'ont ravie ;
Je veux te redonner le bonheur et la vie ;
Ton cœur est bon, sans doute, et le mien l'est aussi :
Je t'aimerai. Toi, viens, au crépuscule, ici,
Près du bois, sous les fleurs, guirlandes embaumantes ;
Viens, et nous nous dirons des paroles charmantes. »

14 avril 1852.

## XXXI.

## SURSUM CORDA.

Un mois, et j'aurai vu s'envoler seize années ;
Par seize fois déjà l'airain va retentir ;
Et mes jours enfantins, comme des fleurs fanées
Par un torrent, la nuit, sans retour entraînées,
    Iront loin de moi s'engloutir.

J'aurai vécu seize ans. Qu'est-ce donc que la vie ?
O Seigneur ? Est-ce un songe, une réalité ?
A la béatitude est-ce une heure ravie ?
Est-ce une mer de maux effrayante, suivie
    D'une effrayante éternité ?

Elle passe ; voyez : oh ! comme elle est rapide !
Que son urne troublée est prompte à se vider !
C'est comme un daim qui fuit un chasseur intrépide,
Comme un frémissement de la vague limpide,
    Qu'un vent du nord vient de rider.

Que longue est sa douleur et sa joie éphémère !
Oh ! que sa traversée est fatale au nocher !
Plus le ciel a fait grand, et plus elle est amère :
Voyez aux champs d'Argos le mendiant Homère,
   Napoléon sur son rocher !


Quoi ! toujours l'existence horrible et douloureuse ?
Non ; mais de vrai bonheur il est bien peu d'instants ;
Il faut marcher encor dans la jeunesse heureuse,
Avoir l'œil enflammé, la pensée amoureuse,
   Et respirer le doux printemps ;


Ou bien plonger, ravi, dans un brillant délire ;
Là, s'enivrer de gloire et d'immortalité,
Exhaler en tremblant son âme sur la lyre,
Et tracer de ces vers qu'ensuite on ira lire
   A genoux devant la beauté.


Car il est deux objets dignes de la pensée :
Dieu d'abord, Dieu trônant dans ses triples splendeurs ;
Et la femme, semblable à la fleur élancée,
Au regard angélique, à la voix cadencée,
   Pleine de célestes ardeurs.


Hors de là, point d'heureux, point d'heureux sur la terre !
Celui-là, du malheur il a subi l'affront,
Qui, tout le jour courbé sur son labeur austère,
Regagnant vers le soir sa maison solitaire,
   Au ciel ne lève point son front.

De celui-là le ciel maudit l'heure natale ;
Il marchera sans cesse, en tous lieux méprisé ;
Et, dût-il se gorger de tout l'or d'un Attale,
Son ridicule orgueil, après l'heure fatale,
        Sera terriblement brisé.

Pour moi, bien jeune encor, j'ai joui de mon être ;
Comme un sable perdu dans les gouffres noircis,
Dans ce monde méchant, Dieu, vous m'avez fait naître ;
Et j'ai déjà, Seigneur, pu sentir et connaître
        Sa joie et ses blêmes soucis.

Déjà, car, en créant mon âme à votre image,
Vous l'avez enflammée au brasier souverain ;
Tout, un coteau d'azur, une vague, un ramage,
Tout l'émeut et lui parle, et vient lui rendre hommage,
        Comme un vassal au suzerain.

Mais surtout, ô Seigneur, vous l'avez faite aimante ;
Et quand le chagrin noir, formidable, vainqueur,
Tel qu'on voit la nuée à la gueule écumante
Jeter sur le ciel blanc la tempête fumante,
        Verse l'orage dans mon cœur,

Oh ! si j'entends alors une voix qui s'élance
Du sein compatissant d'une vierge aux doux yeux,
Qu'elle sèche mes pleurs, et me presse en silence,
Le mal qui me rongeait, comme ronge une lance,
        S'enfuit, et je suis dans les cieux.

Je bénis à genoux ma douleur apaisée,
Et le Dieu qui dispense aux collines le vin,
A l'oranger frileux une terre embrasée,
Aux abeilles les fleurs, aux vallons la rosée,
 A nous, hommes, l'amour divin.

Un mois, j'aurai seize ans; je suis dans le bel âge,
Dans l'âge, de la vie ineffable orient;
Il me faut un air libre, une course volage
Dans les champs des Romains ou les monts de Pélage,
 Le ciel bleu, l'amour souriant.

Car ce beau temps bientôt, sans laisser de vestige,
Fatalement fuira, comme un rêve effacé;
De ma jeunesse en fleur s'éteindra le prestige :
Et là-bas le tombeau, qui donne le vertige,
 M'apparaîtra, morne et glacé.

Mai 1852.

## XXXII.

## A UNE JEUNE FILLE.

Que tu dois être belle! Oh! je voudrais te voir!
Tu vas avoir seize ans, et je vais les avoir;
Car tous deux, tu le sais, nous naquîmes ensemble,
Comme on voit deux boutons, qu'une tige rassemble,
Sous un même soleil percer, s'épanouir,
Vivre roses un jour, et puis s'évanouir.
Mais, à l'instant natal, si pour nous la même heure,
Sympathique, vibra dans sa haute demeure,
Peut-être un sort cruel, que mon cœur maudira,
Fondra sur notre tête et nous séparera.
Et pourtant, blanche fleur à mon amour ravie,
Que doucement, mon Dieu, coulerait notre vie!
Comme je t'aimerais, et t'aimerais toujours!
Comme ils seraient charmants, nos jeunes et beaux jours!
Et, parmi cet enfer qu'on appelle le monde,
Où la limpidité cache une vase immonde,
Comme nous nous créerions un Éden enchanté,
Divin comme celui que Milton a chanté!

15.

Que nous dédaignerions les choses insensées
Qui des pauvres mortels assiégent les pensées !
Et, disant à la terre un éternel adieu,
Que nous serions heureux, seuls avec nous et Dieu !

Ah ! quand je songe à toi, ma rêverie ardente
Ruisselle, s'échappant comme une onde grondante.
Et toi, charmante enfant, vierge aux yeux adorés,
M'as-tu vu quelquefois dans tes rêves dorés ?
M'aimes-tu ? Car jamais notre lèvre innocente
Ne se parla d'amour la langue caressante ;
Nos yeux seuls se parlaient, lorsque nous nous voyions.
Hélas ! je suis sevré de ces tendres rayons ;
Depuis près de deux ans je ne t'ai point revue.
Mais un soir, soir de joie ineffable, imprévue
Comme un gâteau de miel au fond d'un noir ravin,
Je lisais, j'aperçus un visage divin ;
Car, pour calmer le flot qui battait dans mes tempes,
Rêveur, je parcourais les riantes estampes ;
Tes traits, ton doux maintien, tes yeux bleus, ton front blanc
C'était toi ; j'arrachai la gravure en tremblant ;
Dès lors, dans mes ennuis et dans mon insomnie,
J'ai toujours contemplé cette image bénie ;
Et maintenant encor je l'ai là sous mes yeux,
Et je baise ta lèvre et ton front gracieux.

C'est mon bonheur, ce sont mes heures fortunées.
Je me souviens alors de ces belles années,
Où je pouvais te voir sans crainte ni soucis,

Où tous deux, chaque jour, l'un près de l'autre assis,
Recevions les trésors de la parole sainte,
Qu'on prêchait aux enfants dans la divine enceinte.
C'est là que je te vis, c'est là que je t'aimai,
Vierge au souris plus doux qu'une rose de mai.
C'est toi qu'alors chanta la première ma lyre ;
Ton nom volait toujours sur ma lèvre en délire ;
Et souvent, George et moi, sous un arbre, le soir,
Quand la lune brillait, nous allions nous asseoir ;
Et, la main dans la main, céleste rêverie,
J'évoquais près de lui ta mémoire chérie ;
Et nous parlions de toi, mais toujours en latin,
Tremblants qu'on ne surprît notre cœur enfantin.
Le matin et le soir, mes livres sur l'épaule,
Poussé comme un aimant fasciné par le pôle,
Pour aller au collége, à pas précipités,
Seul, furtif, je suivais des chemins écartés ;
Je passais lentement sous ta haute fenêtre ;
Mon cœur battait ; d'espoir je me sentais renaître ;
Palpitant, j'écoutais quels accords ravissants
Chantait ton piano sous tes doigts frémissants ;
Puis je m'acheminais vers ma classe glacée,
Et là, j'étais grondé, car l'heure était passée.
Mais que j'étais heureux, lorsque, le jour des prix,
Mon nom retentissait dans le peuple surpris !
Que, l'une et l'autre main de grands livres ornée,
Je passais devant toi, la tête couronnée !
Ah ! tu me regardais avec tant de douceur,
Alors, me souriant d'un sourire de sœur !

On m'a dit que bientôt ce beau mois te ramène
En ton ancien séjour passer une semaine ;
Sans doute, vers le soir, sous les arbres chantants,
Tu courras respirer les brises du printemps,
A l'heure où dans son plein, rêveuse et taciturne,
La lune glissera sous la voûte nocturne,
Car on aime la nuit et les cieux reluisants,
Lorsque l'on est poëte, ou que l'on a seize ans.
Eh bien, je t'y suivrai ; je tâcherai d'entendre,
Jeune fille, ta voix harmonieuse et tendre,
De voir ta blanche robe avec grâce flotter,
De regarder en toi tout sourire et chanter,
D'unir mon œil en flamme à ton œil angélique,
En fixant dans l'azur l'astre mélancolique ;
Car je t'aime, vois-tu, comme l'on aime aux cieux,
D'un amour délirant, pur et délicieux,
Vierge, et si j'entendais tes lèvres elles-mêmes
Me dire de t'aimer, me dire que tu m'aimes,
Il est des séraphins, dans leur céleste émoi,
Qui seraient moins ardents et moins heureux que moi.

Mai 1852.

O des verts marronniers brise fraîche, odorante !
O beau ciel nuageux ! ô soirée enivrante !
Elle ici ! je l'ai vue. Oh ! quel tressaillement
A fait bondir mon cœur, en ce divin moment !

La lune l'éclairait sous sa blanche mantille ;
Comme son front est doux ! comme son œil pétille !
Comme elle est grande et belle ! Enfin, j'ai pu la voir ;
Dieu, merci du bonheur que tu m'as fait avoir.

28 mai 1852.

## XXXIII.

## AU SOLEIL COUCHANT.

Mon Dieu, que la campagne est splendide ce soir !
Aux lueurs du couchant je suis venu m'asseoir,
Afin de contempler la nature divine,
Et de respirer l'air sur la haute ravine.
Aux pieds du roc, verdi d'arbres et de buissons,
La Bouzanne serpente, et ravit de chansons
Les saules et les fleurs dont sa rive est parée.
Là-bas, c'est de Prungé la vieille tour carrée,
Mystérieux débris d'un immense château,
Qui, fière encor, s'élève au sommet du coteau ;
L'un de ses flancs épais sous les ombres s'efface,
Comme sous un sang noir qui voilerait sa face ;
L'autre brille au soleil, dont le rayon dorant
Sur les lierres épanche un reflet expirant.
Plus près, la Rocherolle offre aux yeux poétiques,
Sur un frais mamelon, ses tourelles gothiques.
L'oiseau plaintif, caché sous son ombreux séjour,
Dit sa prière au ciel et ses adieux au jour ;
Un troupeau près de moi broute l'herbe fleurie ;
La pastourelle chante au fond de la prairie ;

Abandonnant enfin leurs travaux étouffants,
Les hommes vont porter du pain à leurs enfants ;
Mais d'aucun, ô Seigneur, d'aucun d'eux, en silence,
Vers ton voile d'azur l'œil ardent ne s'élance :
Tant l'incrédulité glace ces malheureux !
Il semble que le ciel ne soit pas fait pour eux,
Et que l'astre royal, éclatant de lumière,
Refuse d'éclairer le toit de leur chaumière.

Moi, je lisais Mauprat. Les regards du couchant,
Les nuages de feu, le spectacle touchant
Qu'en fuyant loin de nous le beau soleil nous livre,
Captivèrent mes yeux, qui laissèrent le livre.
La bergère courut demander mon crayon ;
Et, le front éclairé par un dernier rayon,
Dans ces vers maintenant j'exprime ma pensée,
Pour qu'à les lire un jour ma vieillesse glacée
Puisse, le cœur rempli de souvenirs chantants,
Rentrer avec bonheur dans mon jeune printemps.
Et je songe à Mauprat ; je vois de son Edmée,
Dans les nuages d'or, comme une image aimée,
Flotter avec ces yeux et ces traits séduisants,
Que l'on rêve partout lorsque l'on a seize ans ;
Ombre que l'on entend dans le vent qui respire,
Dans l'astre qui gravite, et dans l'eau qui soupire ;
Car pour l'homme, qui fuit sur des sables cuisants,
Ô Seigneur, il n'est rien comme d'avoir seize ans.

4 juin 1852.

## XXXIV.

## SEIZE ANS.

J'ai seize ans aujourd'hui. Seize ans, comme c'est beau !
Quel suave rayon de céleste flambeau !
Quel éclat printanier d'aurore pure et tendre !
Quel mot frais et charmant, et qu'il est doux d'entendre !
Eh bien, ce jour déjà s'enfuit dans le passé,
Comme par l'aquilon un nuage chassé,
Comme d'un haut rocher la cascade grondante,
Ou comme un épi blond sous la faucille ardente.
C'est donc là le destin, destin persécutant,
Que l'heureux et le beau ne durent qu'un instant,
Et que l'homme, semblable à la feuille qui tombe,
Se fane, se flétrit, puis épouse la tombe !

Adieu donc, belle enfance, adieu, toi que j'aimais ;
Fontaine aux pures eaux, tu t'enfuis à jamais,
Age heureux de la paix, âge de l'innocence.
Salut, toi, maintenant, fougueuse adolescence,
Au cœur vague, inquiet, aux membres vigoureux,
Aux cheveux enlacés de myrtes amoureux.

La pluie et le soleil disputaient la journée ;
Mais l'aquilon bruyant, la tempête acharnée,
Vainquirent enfin l'astre, image du bonheur.
Serait-ce un noir présage ? Et ma vie, ô Seigneur,
Aura-t-elle ici-bas, limpide ou nuageuse,
Le souriant soleil ou la pluie orageuse ?

Sans doute, sur ma lèvre et sur mon front penseur,
Le baiser maternel était plein de douceur ;
Car aimable est toujours le baiser d'une mère,
De celle qui prit soin de notre enfance amère,
Qui sacrifia tout, jeunesse, doux loisirs,
Pour chérir son enfant et combler ses désirs ;
Qui, chassant loin de lui toute main étrangère,
L'allaitait à son sein, et, riante et légère,
Le berçait, contemplant son sommeil gracieux,
Et croyait au berceau voir un ange des cieux :
Mais doux serait aussi l'embrassement de celle
Dont l'image idéale en mon cœur étincelle,
Pour laquelle parfois je me vois tout pleurant,
Quand je bats les vallons, rêvant, et respirant,
De toute la vigueur de ma jeune poitrine,
L'air embaumé des soirs, la rose purpurine,
Les arbres s'enlaçant au-dessus du chemin,
Comme de vieux amis qui se tendent la main,
Le matin calme et frais, le chant des tourterelles,
Ou le soleil fuyant derrière les tourelles.

14 juin 1852.

## XXXV.


## LE SOMMEIL DU BARON.


Les ombres, d'un austère
          Mystère
Inondaient le ciel noir ;
Et les vents faisaient fête
          Au faîte
Des sept tours du manoir.

Le baron du castel aux murailles puissantes,
Sur ses moelleux tapis, sommeillait et rêvait ;
Glaive altéré de sang, javelines perçantes,
Arquebuses, brassards, dormaient à son chevet.

De l'oubliette avide,
          Livide,
Une vapeur sortit ;
Et, parmi les ténèbres
          Funèbres,
Un cri sourd retentit.

Les oiseaux, effrayés de la voix sépulcrale,
S'enfuirent en tumulte et gagnèrent les bois ;
Et les échos des tours répétèrent ce râle,
Semblable aux cris poussés par un cerf aux abois.


Or ces ombres, planant sur les tours féodales,
Sont les spectres plaintifs d'ennemis, de vassaux,
Que le baron poussa sous les mouvantes dalles,
Parmi les froids serpents, les rochers et les eaux.


> Comme la nuit frissonne,
> Et sonne
> Douze heures au beffroi,
> Leur troupe vagabonde
> Abonde,
> Semant partout l'effroi.


Près du lit du baron, voltigeant en cadence,
Dans l'ombre, ces esprits, luisant comme un flambeau,
L'environnent des chœurs d'une légère danse,
Et lui parlent tout bas la langue du tombeau :


« Dors, haut seigneur; bientôt, loin de la terre heureuse,
Tremble, tu te noieras dans les gouffres ardents ;
Là, tu verras la nuit livide, sulfureuse ;
Rongé, tu rugiras des grincements de dents. »

La légion tenace
　　Menace,
Et bondit comme un daim;
Une flamme folâtre
　　Dans l'âtre
Étincelle soudain.


Et quand le coq chanta, créneaux et forteresse
N'étaient plus; sur le sol régnait un rocher nu;
Et l'oiseau qui volait sur sa face traîtresse,
Tombait mort, foudroyé d'un tonnerre inconnu.


Les ombres, d'un austère
　　Mystère
Inondaient le ciel noir;
Et les vents faisaient fête
　　Au faîte
Des sept tours du manoir.

4 juillet 1852.

## XXXVI

## HYPOCRISIE ET VÉRITÉ.

Ami, vous méprisez, et vous avez raison,
Ces ombres de dévots, vases de trahison,
Dont l'hypocrite ardeur au dehors rivalise ;
Sans cesse agenouillés dans un angle d'église,
Et tout bas marmottant, jusque dans leurs repas,
Des supplications qu'ils ne comprennent pas.
A leur grave maintien, à leurs phrases discrètes,
On les croirait d'abord de saints anachorètes ;
Mais parlez du prochain et d'honneurs compromis,
Alors vous les verrez, vos très-pieux amis,
Qui se glissent dans tout, couleuvre toujours prête
A mordre le talon du passant qui s'arrête,
Sur la tête d'autrui répandre la noirceur,
L'un contre l'autre armer mère et fils, frère et sœur,
Ravir le saint honneur du front chaste des femmes,
Les flétrir à jamais de stigmates infâmes,
Traiter capablement Jean-Jacques de démon,

Et vous quitter alors pour courir au sermon ;
Heureux, si dès demain leur troupe, qu'on estime,
Ne va pas à l'autel recevoir la victime !
Et vous croyez que Dieu, qui regarde en dedans,
Ne les réserve pas aux grincements de dents,
Et que du Fils divin la plaie est adoucie
Des mots que tout un jour leur lèvre balbutie !

Voilà le monde, hélas ! Les uns, les plus nombreux,
Se moquent, le front haut, des dogmes ténébreux ;
Ils permettent pourtant que le Seigneur existe :
C'est beaucoup ; en ce point toute leur foi consiste ;
Et, quand ils sont gorgés de débauches, de vins,
Ils insultent la Bible et les astres divins.
Les autres, au contraire, indigne mascarade,
De vertus qu'ils n'ont pas font hautement parade,
Croyant dégénérer, s'ils n'ont pas à foison
Médité du scandale, en faisant oraison.
C'est la dévotion de maintes vieilles femmes,
Saintes en apparence, et dans le cœur infâmes,
Dont les soins, à leur dire, utiles, bienfaisants,
Se plaisent à rider les beaux fronts de quinze ans ;
Elles devraient à Dieu, que leur mensonge irrite,
Offrir moins d'oraisons, un peu plus de mérite.

Vous, mon ami, plaignez ces saints malencontreux
Mais fuyez-les aussi, car ils sont dangereux.
Si parfois contre vous ils déchaînent leur rage,
Ne vous effrayez pas à l'aspect de l'orage ;

Soyez comme un rocher, qui, battu par les flots,
Se rit de la tempête, effroi des matelots;
En vain, durant la nuit, les vents fougueux mugissent;
En vain contre ses bords mille vagues rugissent;
Lui seul, que rien n'émeut, ferme comme l'airain,
Lève dans le ciel noir son front blanc et serein :
Tel un esprit sublime, une âme qui recèle
De l'essence divine une faible parcelle,
Voit, sans être ébranlé, l'ouragan insoumis
Déchaîner en grondant un torrent d'ennemis;
Il les regarde à peine avec insouciance,
Ferme dans ses vertus et dans sa conscience

Ami, vous respirez l'air embaumé des champs;
C'est là qu'on vit heureux et qu'on rit des méchants.
En fuyant des cités les bruyantes géhennes,
On laisse leurs noirceurs et leurs secrètes haines;
Et devant le beau ciel, les arbres et les eaux,
Le cœur redevient pur comme un concert d'oiseaux.
Être bon, voyez-vous, c'est là la chose utile;
Méprisez des bigots la piété futile;
Aimez Dieu; contemplez dans l'adoration
Le grand panorama de la création.
Sitôt que du soleil la lumière vitale
Sème de reflets d'or la voûte orientale,
J'aimerais à vous voir, votre Bible à la main,
Suivre, armé d'un bâton, le ténébreux chemin,
Et, les yeux vers le ciel, implorer votre père,
Lui crier : « O Seigneur, en ta bonté j'espère;

Seigneur, prends en pitié nos fautes, nos malheurs;
Conduis-nous par la main dans ce vallon des pleurs;
Donne à ceux dont les corps sont couchés dans la plaine,
Une demeure fraîche et de lumière pleine;
Seigneur, donne aux vivants, pèlerins accablés,
Une eau douce, au milieu de leurs déserts sablés;
Fais que l'aveugle voie et que le sourd entende;
Et sur le monde entier que ton aile s'étende! »


Puis vous iriez alors sous un vieux peuplier,
Qu'en arcade sur vous le vent ferait plier,
Près des bords où murmure une rivière agile;
Là, vous vous asseiriez et liriez l'Évangile;
Vous verriez, de respect vous jetant à genoux,
Le fils du Dieu vivant crucifié pour nous;
Et, si du livre saint l'enivrante lecture,
Si de la vérité la sublime peinture
Ne vous rendait meilleur, plus pur, plus fraternel,
Mon ami, vous seriez un bien grand criminel.
Mais ce n'est pas possible; oh! qu'après cette étude,
Vous sentiriez d'ardeur et de béatitude!
Et comme avec plaisir vous verseriez l'argent
Et la douce pitié sur le pauvre indigent,
Votre frère, après tout, et qui parfois envie
Le luxe somptueux de votre heureuse vie!
Oh! soyez doux et bon pour ces infortunés;
Puis, contemplant, la nuit, les cieux illuminés,
Dites : « Un jour, fuyant de sa prison charnelle,

Mon âme ira là-haut pour la vie éternelle;
Et les cœurs paraîtront, quand, d'un signe de main,
Dieu fera des tombeaux sortir le genre humain. »

Juillet 1852.

## XXXVII.

## LE PAPILLON.

Gracieux papillon aux ailes de sylphide,
Pourquoi près de ma lampe aimais-tu voltiger?
Je viens de te saisir dans mon filet perfide,
　　Et maintenant ton vol léger
De l'étroite prison ne peut te dégager.

　　　Voyez dans quel vertige
　　　Il s'agite et voltige,
　　　Mon papillon charmant!
　　　Mais il n'est point d'issue,
　　　Et son aile déçue
　　　Travaille vainement.
　　　Le parfum de la rose,
　　　Le soleil qui l'arrose
　　　De rayons assidus,
　　　Forêts, brises rapides,
　　　Air du soir, cieux limpides,
　　　Sont donc pour toi perdus,

Imprudent ! Mais espère,
Va, l'espoir est prospère,
Et moi, je traite en père
L'opprimé des méchants ;
Aussi vais-je te rendre,
A toi, gai de la prendre,
La belle clef des champs.

Ainsi l'homme, attiré par sa vaine manie,
Vole à votre flambeau, liberté, vérité,
Mais demeure captif dans son étroit génie,
Si l'esprit de l'éternité
Ne dirige ses pas aux vallons de clarté.

16 juillet 1852.

## XXXVIII.

## UN JOUR.

Aux regards du soleil la terre s'est cachée,
Et d'un éclat d'adieu l'astre superbe a lui ;
La nuit humide, calme, et d'étoiles jonchée,
A jeté le poëte à la tête penchée
     Dans le monde qui vit en lui.

Il se dit : Si, porté sur l'une de ces nues,
Dont le groupe incertain se traîne lentement,
Si j'écoutais ces voix, de la foule inconnues,
Qui font monter au ciel, sans masque et toutes nues,
     Leur chant ou leur gémissement.

Hommes, encore un jour d'achevé sur la terre !
Il est passé, ce jour ; il n'est plus, il n'est rien ;
L'éternité l'a pris dans son abîme austère :
Tel le vent chasse un corps de femme ou de panthère
     Dans un nuage aérien.

Il s'est évanoui, comme tout dans la vie ;
Les prompts baisers du temps flétrissent pour toujours,
Nous laissant derrière eux une image suivie
De regrets éternels pour ces biens qu'on envie,
  Ces rêves de nos premiers jours.

Regardons maintenant la terre abandonnée ;
Puis, écoutant son cri plaintif ou satisfait,
Nous nous demanderons : Durant cette journée,
Par l'ombre de la nuit si vite moissonnée,
  Ce monde géant, qu'a-t-il fait ?

Qu'a-t-il fait de puissant, de beau, d'impérissable,
Attestant son passage à la postérité ?
Car on voit des mortels imprimer sur le sable,
Comme César ou Dante, un pas ineffaçable
  A travers l'immortalité.

Il a vécu, ce monde, et sa tâche est finie ;
Convive, il a goûté tous les mets du repas,
Tous les parfums des fleurs, et toute l'harmonie ;
Maintenant il s'étend sur sa couche bénie :
  Mais peut-être ne dort-il pas.

Ah ! si vous entendez une voix qui soupire
Un cantique d'amour, un hymne de bonheur,
Où dans tout son éclat l'innocence respire,
Un chant heureux, montant vers le céleste empire,
  Et dont sourira le Seigneur ;

16.

Un chant parti du cœur de quelque jeune mère,
En écoutant son fruit tressaillir dans son sein,
D'un enfant plus rosé que l'Aurore d'Homère,
D'amants en qui fleurit la jeunesse éphémère,
    D'hommes au sublime dessein ;

Un chant prenant son vol avec de blanches ailes,
Pur comme un air du soir sous les arbres épais,
Comme une source, amour des vertes demoiselles,
Comme l'encens, jetant de saintes étincelles,
    Un chant tout parfumé de paix :

Entendez-vous aussi quelle clameur affreuse
Poussent dans l'air en deuil, noirs comme des corbeaux,
Ces brigands furieux, à la face fiévreuse,
Dont la chair, que maigrit la faim cadavéreuse,
    Répand une odeur de tombeaux ;

Le bruit de ces mortels que l'intérêt accable ;
Le ronflement béat de la stupidité ;
Les cris de la douleur, arrêt irrévocable,
Que rend et qu'exécute un destin implacable,
    Incompris par l'humanité ;

Et les gémissements, les plaintes effrayantes,
Des malades hagards luttant contre la mort,
Quand la mort, agitant ses torches flamboyantes,
Les presse, et met à nu leurs âmes larmoyantes,
    Qui s'en vont avec le remord !

Que de pleurs dans un jour, de clameurs incertaines,
De chants heureux, mêlés à des larmes d'adieu !
Combien d'hommes, passant comme l'eau des fontaines,
Qui va se perdre au sein des rivières lointaines,
    Tremblants, ont paru devant Dieu !

Voilà donc, ô Seigneur, encore une journée
Qu'aura laissé le temps échapper de sa main ;
Bien des choses ont vu la blanche matinée,
Et n'ont point aperçu la nuit illuminée ;
    Moi-même, où serai-je demain ?

                    Août 1852.

## XXXIX.

## AU LECTEUR.

As-tu cueilli déjà, qui que tu sois, lecteur,
De mes premiers soleils la fleur de poésie ?
Que vas-tu maintenant en juger la senteur ?
Ou poison de ciguë, ou parfum d'ambroisie ?

Ah ! c'est là, prends bien garde, à mon printemps rêveur
Le bouquet le plus frais qu'ait offert la prairie.
Vous avez une enfant, madame ? du Sauveur
Moins vous eût plu la mère, oui, la Vierge Marie.

Votre fils, mais eût-il un pied dans le tombeau,
Votre amour maternel le trouve toujours beau ;
Il est bon, sage, enfin c'est votre fils, madame ;

Songez quelle serait votre torture d'âme,
Si vous entendiez dire à des audacieux
Qu'il est comme une tache à la clarté des cieux.

29 septembre 1852.

## XL.

## SUR UNE CARICATURE.

Que de votre crayon la bizarre amertume
Me croque en Buckingham errant sur le bitume,
C'est parfait ; mais qu'hier du trait persécuteur,
Ami, vous ayez craint de vous nommer auteur,
C'est ce qu'en vérité j'ai grand' peine à comprendre,
Et ce qui, je l'avoue, a lieu de me surprendre.
De votre esprit railleur, plein de malignité,
J'eusse aimé mieux, sans doute, estimer la bonté,
Mais puisque, je le sens, tel est votre génie,
Je me réjouirai de votre âpre ironie,
Et vous dirai toujours, sans me mettre en émoi :
« L'art avant tout, monsieur, l'art même contre moi ! »
Ainsi donc, si je prête à la caricature,
Ne sacrifiez pas votre gloire future ;
Lorsque tout à loisir vous vous serez moqué,
Je vous tendrai la main, sans en être choqué,
Mélant, si vous voulez, par un bonheur insigne,
Comme dit un Latin, l'oison avec le cygne.

5 décembre 1852.

## XLI.

## SÉPARATION.

Vous avez, n'est-ce pas, souffert de ces douleurs,
Qui, versant dans les yeux l'amertume des pleurs,
Jettent sur la poitrine un poids si lourd, si triste,
Que l'homme, par le mal un instant abattu,
Penchant son front troublé, doutant de la vertu,
      Demande à quoi bon il existe?

Vous en avez souffert. Pour moi, je n'ai jamais
Pu quitter des amis, des parents que j'aimais,
Sans tout à coup sentir dans mon cœur un grand vide,
Sans tomber oppressé, morne, silencieux,
Comme si j'avais vu passer devant mes yeux
      Un spectre à la face livide.

Ah! lorsqu'en toute hâte, à la pointe du jour,
Soi-même on a conduit l'objet de son amour;
Après les longs adieux, quand on a vu soi-même
La vapeur s'élançant, sifflant, noircissant l'air,
Entraîner dans son vol, aussi prompt que l'éclair,
      Le char qui contient ce qu'on aime;

Puis, qu'on revient, à l'heure où, naissant, le soleil
Jette sur les vitraux un beau reflet vermeil,
Où la branche palpite aux baisers de la brise ;
Et qu'on rentre chez soi, sans courage, tout seul :
Oh ! comme alors les murs semblent un noir linceul !
     Oh ! comme alors l'âme se brise !


Insensés, pourquoi donc se séparer ainsi ?
Quitter tout ce qu'on aime ? Imprudent, quel souci
Vous éloigne à jamais du sol qui vous vit naître ?
La science ou le gain. Mais pensez-vous ailleurs
Trouver ciel plus charmant, parents, amis meilleurs,
     Cœur plus digne de vous connaître ?


Évitez, croyez-moi, de tenter le destin ;
Lorsque vous reviendrez, êtes-vous bien certain
De revoir la maison joyeuse et tout entière ?
Ah ! craignez de trouver, à la table du soir,
Une place de moins, quand il faudra s'asseoir,
     Une de plus au cimetière !


                        Janvier 1353.

## XLII.


## PLUS D'OMBRE.


Tu sais, mon bon ami, de quelle folle ardeur
J'aime d'une forêt l'ombreuse profondeur.
Les coteaux, surmontés de ruines gothiques,
Où la nuit fait mouvoir ses ombres fantastiques ;
Les prés, tout odorants de fleurs et de gazon ;
Le blé jaune, où la caille abrite sa maison ;
La gorge, où, sous l'épine arrondie en arcade,
Une eau chantante coule et retombe en cascade :
Chacun de ces tableaux m'enivre et me sourit ;
Mais aucun ne m'élève et me charme l'esprit,
Comme un bois, dont la tête aux nuages s'élance.
Qu'il est doux, des forêts le suave silence !
Ce silence, mêlé de ramages d'oiseaux,
Et de frémissements à travers les rameaux !
Que l'on aime y rêver, à l'ombre, loin des hommes,
De toute chose grande, et du monde où nous sommes ;
Et, quand le blême automne y sème le trépas,
Errant, faire craquer les feuilles sous ses pas !

Il semble qu'en un bois, profond et solitaire,
On soit débarrassé des liens de la terre ;
Qu'on vive dans un air plus pur, plus radieux,
Et, comme le Germain, environné de dieux.

Pour moi, durant mes nuits, j'ai souvent fait ce rêve :
Mais tout château s'écroule et tout nuage crève !
A l'écart, un coteau, que mille arbres épais
Couvriraient mollement d'une profonde paix ;
Un plateau sur la cime, et, parmi l'herbe verte,
Une antique maison, à tout venant ouverte,
D'où puisse le regard, maître d'un vaste champ,
Embrasser à la fois l'aurore et le couchant ;
En bas, contre le roc, un torrent qui se brise,
Ou bien un lac dormant, que sillonne la brise,
Où se plaise le cygne au duvet argenté,
Symbole du génie et de la pureté ;
Puis, que je trouve alors une âme, sur ma voie,
Qui soit sœur de la mienne, et que le ciel m'envoie,
Et jamais deux mortels ne seront plus heureux ;
Mais quand même le sort, un instant rigoureux,
Me laisserait froidir dans les bras de l'étude,
Je ne m'effraierais point de cette solitude ;
Mieux au milieu des morts qu'au milieu des vivants,
Je laisserais mon âme aller à tous les vents ;
Et mon cœur, ennemi de feinte et d'imposture,
Jouirait pleinement de la sainte nature.
Le rêve est-il menteur, ou s'accomplira-t-il ?
Il passera sans doute en nuage subtil ;

Toutefois, cet espoir ne fût-il qu'un mensonge,
Eh bien, c'est être heureux, que d'être heureux en songe ;

Il est, sur la Bouzanne, un de ces frais séjours,
Où je passais, enfant, de délicieux jours,
A bondir, à jouer, à poursuivre, intrépide,
Le filet à la main, le papillon rapide ;
Et, plus tard, quand déjà vint cet âge échauffant,
Où l'on n'est pas un homme, où l'on n'est plus enfant,
J'y lisais, près de l'eau, sur l'herbe des prairies,
En rêvant dans le cœur à des ombres chéries ;
Je courais à cheval, j'errais, et, dans mon sein,
De venir vivre là je formais le dessein.

Juge, mon cher ami, de toute ma souffrance ;
J'arrivais de Paris, nourrissant l'espérance
De fuir, parmi les bois aux sentiers tortueux,
Des hommes et des chars les pas tumultueux ;
De loin je les cherchais, dans de vives alarmes :
Ils étaient abattus ! Mes yeux, mouillés de larmes,
Ne virent qu'un champ vaste où fumait le charbon !
La foudre me frappait ; je m'élançai d'un bond,
Et m'aperçus qu'à peine à cet affreux carnage
Survivait le vieux tronc, ami de mon jeune âge.

Oh ! les hommes d'argent, qui ne comprennent rien
Aux suprêmes douceurs d'un arbre aérien !
Qu'ils jouissent en paix de leur stupide ouvrage ;
Mais que jamais pour eux forêt n'ait de l'ombrage !

                                        Mars 1853.

## XLIII.

## PREMIER MAI.

Voici le mois de mai, le plus beau de l'année !
Le soleil radieux a fêté la journée ;
Et nous l'avons béni, car depuis bien longtemps
La pluie avait masqué ses rayons éclatants.
Tout le jour j'ai couru les campagnes lointaines,
Et les arbres fleuris, et les fraîches fontaines,
Plus fou dans mes ébats qu'un cheval indompté,
Qui bondit sur les monts, ivre de liberté.
Quand l'astre disparut au-dessous de la nue,
Quand du soir étoilé la fraîcheur fut venue,
Je repartis. Que l'air était délicieux !
Quel parfum l'aubépine exhalait vers les cieux !
Comme du rossignol la chanson était tendre !
Quel murmure les vents, les eaux faisaient entendre !
Et comme dans l'esprit résonnait mollement
Des poëtes divins le langage charmant !
O nuit, tu m'arrachas à mes courses chéries ;
Je revins, et, le cœur rempli de rêveries,

Courbé sur mon bâton, je me disais tout bas :
« Comme je suis heureux ! Combien d'autres n'ont passé
Vieillards, calculateurs, habits noirs en voiture,
Joui de ce beau jour, fête de la nature ! »


Un petit rien pourtant contrariait mes vœux :
C'est que le vent tout seul jouait dans mes cheveux.

1er mai 1853.

## XLIV.

## L'ONCLE ET LE NEVEU.

L'ONCLE.

Nous voici donc, enfin ; il est temps, beau neveu !

LE NEVEU.

Vous êtes las, cher oncle ?

L'ONCLE.

Oui, je le suis, morbleu !
Et je me repens bien de ma sotte faiblesse.
Tu ne l'es pas, toi ?

LE NEVEU.

Non ; je n'ai rien qui me blesse ;
Mes pieds sont à leur aise, et puis il m'est si doux
D'avoir pour compagnon un oncle comme vous.

#### L'ONCLE.

Bien, bien ; es-tu certain de tout notre bagage ?
Car on n'a jamais vu traîner dans un voyage
Un pareil chargement de chapeaux, paletots,
Redingotes, habits, pantalons et manteaux.
La nuit, tu dois rêver à ce que tu vas prendre ;
Quant à moi, franchement, j'aimerais mieux me pendre ;
Je n'ai qu'un vêtement, et de drap demi-fin.

#### LE NEVEU.

Vous savez qu'à mon âge il faut bien...

#### L'ONCLE.

As-tu faim ?
J'avalerais un bœuf. Oh ! que je vous regrette,
Repas si restaurants de ma chère retraite !
O grande vérité, qu'à présent je conçoi !
Le proverbe a raison, l'on n'est bien que chez soi.
Je le vois un peu tard. Homme aveugle ! A mon âge,
A près de cinquante ans, laisser là mon village !
Et nous voici tous deux, comme des feux follets,
Promenant, Dieu sait où, nos pas écervelés !
Je commence déjà, bon peuple israélite,
Des oignons paternels à goûter le mérite.

### LE NEVEU.

Mais, mon oncle, c'est là de l'érudition ;
Depuis quand, s'il vous plaît, cette tentation ?
Seriez-vous dépouillé de votre insouciance
A braver les serpents de l'arbre de science ?
Rien au monde, a-t-on dit, n'est beau comme l'aspect
D'un vieillard au travail s'exerçant l'intellect ;
Je vous approuve fort ; seulement, je vous prie,
Sur l'oignon désormais trève de causerie ;
Vous savez à quel point mon estomac le hait ?

### L'ONCLE.

Voilà donc où, mon Dieu, ce pauvre monde en est !
Partout dans la jeunesse, oisiveté de moines ;
Nos pères se tuaient après leurs patrimoines,
Se levaient au soleil pour surveiller leurs gens,
Travaillaient, et, rompus par leurs soins diligents.
S'estimaient trop heureux, quand la poule bouillie
Ornait de son fumet leur table réjouie.
Leurs fils sont maintenant un peu plus délicats ;
Rien n'est trop beau pour eux ; et ce serait le cas
De leur faire crier par des hérauts sévères :
« Ne dégénérez pas, rappelez-vous vos pères. »

### LE NEVEU.

Mon oncle, vous poussez la morale un peu loin ;
Si nos pères suaient, est-ce donc un besoin

Que nous récompensions leurs sueurs par les nôtres,
Dans le but, après nous, d'en faire suer d'autres ?

### L'ONCLE.

Je te tiens avocat et charmant raisonneur ;
Mais, pour un plaisant mot à propos de sueur,
Ne crois pas un instant balancer mes pensées,
Parce que je me tais sur tes billevesées.
Parbleu ! j'en vois souvent, de tes avocassiers,
Débiter avec art leurs sophismes grossiers ;
A force de verbiage, ils pensent me confondre ;
Mais, quand ils ont fini, je sais bien leur répondre :
« Monsieur, j'en suis fâché, j'ai besoin par ailleurs,
Bonsoir ; les longs discours ne sont pas les meilleurs.
Ainsi, mon cher neveu, ton audace t'abuse
De me persuader qu'un voyage m'amuse ;
Cette vie est pour moi ce que serait l'enfer :
Je tremble de frayeur sur les chemins de fer ;
J'étouffe dans les fours des voitures publiques ;
Si je vais en bidet, comme aux vieux temps bibliques.
Gravir une montagne, explorer un château,
Je me cuis le visage et m'écorche la peau ;
La poste met à sec les recoins de ma bourse ;
Je n'ose sur la mer hasarder une course ;
Je suis très-mal couché, je ne dîne pas bien,
Je dépense beaucoup ; qu'est-ce que je vois ? Rien ;
Des gouffres, et des rocs, et des terres rebelles ;
A peine ai-je trouvé quatre fermes modèles ;

Quand je veux te parler bœufs, chaulage ou froments,
Tu me réponds soudain magnétisme et romans ;
J'ai maintenant encore une telle fringale...
Mais non ; je dois souffrir avec une âme égale !

### LE NEVEU.

Pouvez-vous bien, mon oncle, exagérer ainsi,
Vous tourmenter de riens, et vous faire un souci
D'admirer la nature et ses grandes merveilles ?

### L'ONCLE.

Mon cher, ventre affamé n'a jamais eu d'oreilles ;
Pardon de t'arrêter, mais brisons, car il faut
Que j'aille m'informer si nous dînons bientôt.

Juin 1853.

17.

## XLV.

## PENDANT UN ORAGE EN SAVOIE.

Il est doux, quand déjà le soleil grandissant
Sur les Alpes projette un flot éblouissant,
De s'asseoir, de cueillir, à l'ombre du mélèze,
Au bruit de la cascade et des cloches d'airain,
La large violette, et la rose, et la fraise,
De sentir en son cœur un firmament serein :

Mais il est beau, la nuit, quand les vents se combattent,
Quand sur les pics neigeux les tonnerres éclatent,
Quand le torrent d'effroi roule précipité,
Quand les cloches des bœufs semblent des glas funèbres.
Il est beau d'écouter avec tranquillité
La nature en courroux hurlant dans les ténèbres.

13 juillet 1853.

## XLVI.

## AU GRAND-SAINT-BERNARD.

Voyageur, quand, la nuit, l'aile froide du vent
Vient siffler aux carreaux de la cellule étroite,
Quand partout sous les yeux vous n'avez de vivant,
Que morgues, rocs, lac, lune, et neige qui miroite,

N'avez-vous pas songé quel abîme profond
Sépare les vrais saints de ce monde où nous sommes ?
Et n'avez-vous pas dit, en vous frappant le front :
« Que suis-je à côté de ces hommes ? »

18 juillet 1853.

## XLVII.

## LE JOUR DE L'AN.

Encore un an de plus! Des rapides années
L'aile jette un vent froid qui passe en flétrissant;
Mais, derrière le temps, sur les roses fanées,
L'immortelle amitié grandit en vieillissant.

1er 'anvier 1854.

## XLVIII.

### RÉPONSE A DES VERS SUR LES OISEAUX.

Il est doux d'être oiseau, chanter qu'on aime est doux ;
Mais le chant peut enfin devenir monotone,
Quand on chante, madame, y réfléchissez-vous ?
Sempiternellement du printemps à l'automne.

Ah ! qu'il est bien plus doux et mille fois plus beau,
Vous me pardonnerez ma franchise, madame,
De chanter un peu moins, et d'être cet oiseau
Si blanc et si charmant qu'on appelle une femme !

Car vous aimez toujours, et la fauvette peu ;
Et pour votre pitié c'est un sublime rôle
De venir, quand Vénus enflamme le ciel bleu,
Chasser toute douleur avec une parole,
            Et d'un malheureux faire un dieu.

Les perles, dites-vous, la richesse des ailes !
Vous y tenez ; pourtant c'est un peu sans raison :
De par le monde on sait des nudités plus belles
Que tous les vêtements du vieux roi Salomon.

                              15 juillet 1854.

## XLIX.

## A UNE JEUNE BEAUTÉ.

Vous êtes, jeune fille, adorablement belle ;
Mais vous le savez bien, quelques-uns disent trop ;
Le bas de votre robe est parfois infidèle ;
On le prétend ; pour moi, je n'en crois pas un mot.

Vos yeux sont plus brillants que ceux d'une gazelle ;
Vos cheveux sont très-noirs, et vos mains sans défaut ;
Et vous avez toujours une démarche telle,
Que vous paraissez reine, un peu plus qu'il ne faut.

Vous dont la seule vue est pour nous une fête,
Vous imaginez-vous que la beauté soit faite
Pour être suspendue au clou d'un horloger ?

Sachez bien qu'après tout la déesse pudique,
Si sévère le jour à draper sa tunique,
S'humanisait le soir auprès de son berger.

31 juillet 1854.

## L.

## LA BOUZANNE.

Je t'écris, cher ami, des bords de la Bouzanne ;
La demoiselle bleue, à l'aile diaphane,
Voltige autour de moi sur la pointe des joncs ;
Et ma chère Bouzanne, et ses fraîches chansons,
Au beau soleil couchant qui dore les clairières,
Sautent à gros bouillons le passage des pierres.
Mon bon ami, j'ai vu les sites si vantés
Que la vieille Helvétie offre aux yeux enchantés ;
J'ai franchi ses glaciers, ses montagnes sauvages ;
De ces océans bleus j'ai rasé les rivages ;
J'ai gravi les rochers d'où le Rhin furieux
Tombe immense, et se brise, épouvantable aux yeux ;
J'ai longtemps médité dans la grotte divine
Qu'au fond de l'Oberland s'est choisie une ondine,
Petit palais de glace, et si frais et si pur,
Dont le soleil ardent cristallise l'azur ;
Eh bien, si, m'emportant à travers la campagne,
Satan me ravissait sur la haute montagne,

Et là, s'il me montrait de l'immense univers
Remuer à mes pieds les royaumes divers,
Disant : « Tu peux choisir ; veux-tu de l'Italie
Le ciel bleu, les villas et la vague amollie ?
Ou la Grèce aux doux noms, aux rivages fameux ?
Ou les bords du Jourdain ? ou, dans le Nord brumeux,
L'Écosse, pleine encor des légendes guerrières
Qu'autrefois de Morven apprirent les bruyères ? »
Je répondrais : « Satan, donne à qui tu voudras
Ces pays de délice où mon âme n'est pas ;
Laisse-moi ma vallée, honnête paysanne,
Mon sentier d'aubépine, et ma douce Bouzanne ! »
Car là se sont jadis passés mes meilleurs jours,
Chers souvenirs d'enfant, qu'on regrette toujours
Qu'au départ, le matin, Vénus était brillante !
Comme l'obscurité me semblait effrayante,
Quand mon père, le soir, m'égarait dans les bois !
Et comme avec bonheur je respirais sa voix !
Mon pauvre père, hélas ! depuis longues années,
La mort me l'a ravi sur ses ailes fanées !
Ami, tu te souviens de ce terrible coup ;
Tu l'avais peu connu, mais il t'aimait beaucoup.
Je sens de jour en jour sa perte davantage ;
Pauvre arbrisseau, battu par les vents de l'orage,
Je regrette le chêne, et son ombrage épais,
Qui sur mon front craintif entretenait la paix.
Il est déjà passé, ce beau temps si tranquille,
Où tous deux, étendus sous l'ombrage mobile,
Nous écoutions des flots les limpides concerts

Feuilletant Lamartine et soupirant des vers.
Te souviens-tu des clefs à la ville laissées,
Du dîner en plein vent, des fenêtres forcées,
De la longue visite au gothique château,
Et du patois charmant de la femme au chevreau ?
Puis du retour, bien tard, du « Qu'avez-vous pu faire ? »
Et du ton dont, montrant nos rimes à mon père,
Comme mes yeux brillaient ! comme mon cœur battait !
Je répondis : « Voilà ce que nous avons fait ? »

21 avril 1854.

## LI.

### A UNE ENFANT.

Du soleil, qui fuyait, l'éclatante rougeur
Faisait du vieux manoir tressaillir la muraille ;
Et toi, tu promenais dans la vallée en fleur,
Avec ta robe rose et ton chapeau de paille,

Ces beaux quinze ans dorés, qui brillent une fois,
Couronne aux cheveux blonds, bonheur jeune et folâtre,
Que l'on rappelle en vain à l'horizon bleuâtre,
      Avec des larmes dans la voix.

Tu courais par les blés, la rivière écumeuse,
Et la gorge boisée, et les côteaux fleuris ;
Et tu regrettais peu l'atmosphère brumeuse
Qu'au front du Sacré-Cœur jette le vieux Paris.

Moi, je te regardais du haut de la colline ;
Et, comme en ton manoir tu rentrais lentement,
Mon âme respirait dans ta joie enfantine
Un parfum de jeunesse et de ravissement.

Que c'est beau, la jeunesse, et que c'est doux à l'âme !
Comme on a le cœur grand, enthousiaste, altier !
Comme on sent en soi-même, à l'aspect d'une femme,
Des forces pour dompter un monde tout entier !

La belle enfant rentra. L'ombre vint, et l'oreille
N'entendit plus qu'un chant voler dans les roseaux ;
Jupiter, l'astre roi, qui dès le soir s'éveille,
Voguait dans la nuit bleue, au murmure des eaux.

Depuis lors, jeune fille, à l'heure où tout repose,
Je sens revivre en moi ton souvenir vermeil ;
Et je te vois toujours, avec ta robe rose,
Errer dans la vallée au coucher du soleil.

                          29 août 1854

## LII.


## LE CHÊNE.


C'est un chêne noueux à tige colossale ;
Son front jadis tomba, fracassé par le fer ;
Mais de ses rejetons l'épaisseur filiale
Défend son tronc ridé des outrages de l'air :

Éloigné par un dieu de son île natale,
Sur un tel arbre, au bord de l'Océan amer,
Ulysse reposa sa tête martiale,
Nu, les cheveux souillés du courroux de la mer.

Mais, au soleil suivant, une jeune princesse
Parut, dans un palais recueillit sa détresse ;
On le fêta dès lors comme un hôte divin :

Moi, je n'entends ici que les rires de l'onde,
Du vent dans les rameaux la colère profonde ;
Blanche Nausicaa, je te souhaite en vain.

2 octobre 1854.

## LIII.

## A UNE NAIADE ÉPLORÉE.

Te voilà donc en butte aux frimas, aux chaleurs,
Toi si belle autrefois, pauvre naïade en pleurs !
De ses arbres ta rive est maintenant déserte ;
Hélas ! on a coupé ta chevelure verte !
Pauvre vierge, livrée aux stupides marchands !
Ils n'ont pas eu pitié de tes cris si touchants ;
Ils t'ont brutalement, comme une courtisane,
Sans pudeur, dévoilée à leur regard profane.
Oh ! tu m'as regretté, n'est-ce pas, en ce jour,
Moi qui te contemplais dans un timide amour,
Et qui craignais souvent, sous le bocage sombre,
En t'entendant chanter, de t'effrayer d'une ombre,
Ou bien de te surprendre en ces recueillements
Où l'on fuit tous les yeux, même ceux des amants.
S'ils n'ont pas écouté tes plaintes inquiètes,
C'est que les eaux, vois-tu, ne parlent qu'aux poëtes.
Oh ! va, coule toujours, coule au milieu des fleurs ;
Souris encor, souris, pauvre naïade en pleurs.

De la douceur, hélas ! le mal est le partage ;
Mais va, nous qui t'aimions, nous t'aimons davantage ;
Que nous les détestons, et qu'ils nous font pitié,
Ces sauvages affreux qui te foulent du pied !
Ah ! s'ils viennent jamais se baigner dans tes ondes,
Engloutis leur cadavre en tes grottes profondes ;
Et qu'ils ne trouvent plus, aux fentes d'un rocher,
De tige où de la main ils puissent s'accrocher !
Mais, lorsque tu verras s'égarer sur ta rive
Un amant plein de flamme, une amante craintive,
Quelqu'un de ces rêveurs, pour qui l'essentiel,
En allant par la terre, est de songer au ciel,
Alors, dans tes roseaux que ta brise soupire ;
Donne tes plus doux chants, ton plus tendre sourire ;
Montre un myosotis plus éclatant d'azur ;
Roule un flot plus profond sur un sable plus pur ;
Désaltère à tes eaux des génisses plus belles,
Les rossignols de nuit, les blanches tourterelles ;
Promène, frissonnante aux vents plus frais du soir,
De coteaux dépouillés un feuillage plus noir ;
Réfléchis plus divins, dans ta glace mouvante,
Le soleil qui décline et la lune levante :
Car ces gens seuls, vois-tu, pauvre naïade en pleurs,
Sont dignes de goûter tes charmantes douceurs,
Et d'admirer, à toi, ta splendeur de fiancée,
Nature, du Seigneur gigantesque pensée !

14 septembre 1854.

## LIV.

## SUR LE SPLEEN.

Vous disiez : « J'ai le spleen ; » sur la vieille causeuse,
Triste, vous incliniez votre tête rêveuse ;
Vos tableaux vainement vous faisaient des sermons ;
Vous ne songiez pas même à ces pauvres démons,
Que vous aviez détruits, féminine malice,
Comme une Pénélope, et sans attendre Ulysse ;
Un nuage, en passant, vous avait fait sentir
Les vagues désespoirs, le besoin de sortir,
Par quelque voie étrange, idéale, céleste,
De ce monde banal, que tout sage déteste ;
Votre âme s'irritait ; vous aviez sous les yeux
Les horizons géants, les monts capricieux,
Où le souffle des vents semble un esprit qui vole,
Les retentissements de la cascade folle,
Les bois noirs et profonds, où l'on craint d'avancer,
Et l'Océan fougueux, prêt à se courroucer ;
Ainsi que dans un songe où l'on se croit des ailes,
Vous brûliez de voler comme les hirondelles.

Ces rêves sont fort beaux ; mais, après tout désir,
Le bonheur disparaît quand on croit le saisir ;
Espérance et regrets, voilà toute la vie ;
Il faut être moins fou ; sans remords, sans envie,
Il faut oser en face aborder le présent,
En jouir, quel qu'il soit, et s'en trouver content.
Heureux qui sait chercher son bonheur en soi-même !
C'est là certainement la sagesse suprême.
Loin des déceptions, dans une douce paix,
L'étude est un ami qui ne trompe jamais ;
Elle donne d'abord cette liberté chère,
Dont l'attrait rend en nous toute peine légère ;
C'est une grande chose ; et tout être pensant
Qui ne sent pas, au feu dont bouillonne son sang,
Pour secouer son joug une main assez brave,
Comme un animal vil mérite d'être esclave ;
Et puis elle remplit d'enivrantes ardeurs,
Montrant de loin la gloire aux divines splendeurs,
Tout ce que de plus grand peut promettre la terre,
Un nom ineffaçable, un sacré caractère,
Qui, couronné d'hommage et d'acclamations,
Homérique, survit aux générations.

Laissez donc voyager en paix les hirondelles ;
Revenez promptement à vos tableaux fidèles ;
Et ne regardez plus s'égarer dans les cieux
Les nuages pesants, au profil soucieux ;
Je crois que des démons se cachent dans leur ombre,
Pour donner à la vie une face plus sombre.

Travaillez : le génie à la foule se doit ;
Une fée au berceau vous toucha de son doigt ;
Quelque chose d'ardent brûle au fond de votre âme ;
Mais ayez sur le front la gaieté de la femme ;
Croyez au dévouement, au bonheur, à l'amour ;
Du fatal Prométhée ignorez le vautour ;
Vous qui réunissez, fille heureuse et chérie,
Au grand nom paternel le doux nom de Marie.

28 janvier 1855.

## LV.

## PAS DE ROSES SANS ÉPINES.

J'ai lu tous les beaux vers que vous m'avez donnés ;
Mais ils me paraissaient bien plus passionnés,
Quand, l'autre soir, avec cet accent qui remue,
Vous les laissiez couler de votre lèvre émue.
Puis, franchement, je dois vous en faire l'aveu,
Votre don tout charmant me contrarie un peu ;
Sans ces vers trop nombreux, à votre main amie
J'aurais peut-être osé demander la copie,
Vous me permettrez bien de vous dire cela,
D'un poëme plus beau que ces poëmes-là.

Je vais partir bientôt ; hélas ! la vie humaine
N'est pas un doux coursier qu'à sa guise l'on mène ;
Du reste, j'aime assez ses bonds irréguliers,
Car les mauvais chevaux font les bons cavaliers.
Mais on a, par instants, moins de philosophie ;
Et de ces instants-là mon esprit se défie.
Je vais avoir, un mois, l'horizon d'un canal ;
C'est très-bête, un canal, très-long, très-machinal ;

Très-roide, très-passif, très-droit, très-insipide,
Froid et silencieux, monotone et stupide,
Bordé de peupliers alignés au cordeau,
Fats affreux qui toujours se regardent dans l'eau.
Cette uniformité me lassera peut-être ;
Et je désirerai transporter ma fenêtre ,
Mais, hélas ! mes souhaits seront bien superflus,
Sur les chers boulevards, où je ne serai plus,
Où je verrais passer, à travers mes persiennes ,
Moins de sots peupliers, plus de Parisiennes.
Ah ! sans ces vers maudits , que je trouve charmants,
Si vous m'aviez donné quelques bons talismans,
Dont loin de moi toujours la puissance bénie
Eût chassé tout regret, toute monotonie,
Comme j'aurais aimé la fée aux yeux d'azur,
Dorant d'un clair rayon mon horizon obscur !
Adieu, le beau portrait que vous m'eussiez pu faire !
Car je le voulais beau ; j'en conviens, je préfère
Aux piquantes laideurs des Goya, des Callot,
Malgré ses bras meurtris, la Vénus de Milo ;
Hélas ! il est assez de pauvres créatures
Dont les portraits exacts sont des caricatures.
Mais je deviens bavard, et même un peu méchant ;
Brisons. Je suis heureux, et, vous voyez, pourtant,
Forcé de reconnaître, en mes humeurs chagrines,
Qu'il n'est pas, comme on dit, de roses sans épines.

28 février 1855.

## LVI.

## SOIRS D'AVRIL.

Voici donc les beaux soirs, pleins de charmant silence,
Où le tiède printemps semble nous ranimer ;
Où des buissons, des bois, où des plaines s'élance
     Un doux parfum qui fait aimer !

Les chênes ont encor leur vieille feuille brune,
Que les froids de l'hiver n'ont pu jeter au vent ;
Et les ormeaux tordus, aux rayons de la lune,
     Lèvent leurs bras nus en rêvant ;

La campagne est encor désolée et déserte ;
La bise, le matin, siffle dans les manteaux ;
La violette seule, avec la mousse verte,
     Rit du givre sur les coteaux.

Mais on sent que bientôt tous ces champs vont revivre,
Les feuilles reverdir, et les oiseaux chanter ;
Et le parfum vital, dont la nature enivre,
     Fait désirer, fait regretter.

Durant ces beaux soirs-là, moi, dont l'âme est souffrante,
Je vais par les sentiers et les bois ténébreux ;
Je gravis les hauteurs, plongeant ma vue errante
    Dans l'or du couchant vaporeux.

Là, mon esprit se perd dans le vague des nues ;
Là, je goûte, emporté par de brûlants coursiers,
Dans des mondes nouveaux, des douceurs inconnues
    A nos sens bornés et grossiers ;

Je vogue sur des chars de diamant splendide,
Au milieu d'horizons miraculeux pour nous,
Et parmi des beautés, dont le regard limpide
    Nous ferait tous mettre à genoux.

Pendant que je m'égare en cette rêverie,
La nuit au pied rapide enveloppe l'éther ;
Mais j'ai, pour revenir, la lumière chérie
    D'Arcturus et de Jupiter.

Je reviens lentement, repassant en moi-même
Les souvenirs confus qui sont tout mon bonheur ;
Je pense à vous, car moi, voyez-vous, je vous aime
    Je vous aime de tout mon cœur.

                    6 avril 1855.

                    18.

## LVII.

## STELLA MATUTINA.

Charmante étoile du matin,
Quand je te vois briller dans le ciel qui t'admire,
Je tremble, hélas! au fond de mon brouillard lointain,
Que les soleils voisins ne te viennent séduire.

Prête peu confiance à l'éclat apparent ;
     Tu sais que des astres, tes frères,
     Le plus petit aux yeux vulgaires,
Quand Newton le regarde, est parfois le plus grand.

Tu voudrais, pour dormir, des fontaines ombreuses,
Bel astre oriental, qui m'annonces le jour :
Moi, je ne puis t'offrir, loin des ondes heureuses,
     Que l'océan de mon amour !

18 avril 1855.

## LVIII.

## LE ROSSIGNOL.

Quand, la nuit, je t'entends chanter sous le feuillage,
        O rossignol mélodieux,
Quand Diane d'amour frémit sur un nuage,
Quand sous le ciel tout dort, tout est silencieux,
Et que le vent lui-même, oublieux de l'orage,
        Prête l'oreille à ton ramage,
Oiseau cher aux amants, bulbul mélodieux,
        Moi, je crois que ton chant m'appelle,
        Je crois que c'est la voix de celle
        Dont le souvenir étincelle
        Dans mon cœur, soumis à ses yeux,
    Et, dans mon délire, il me semble entendre
        Une chanson tendre,
Et ces mille propos, dont le charme divin
        Ne se peut tout entier comprendre,
Que les yeux sur les yeux, et la main dans la main.
Aussi, doux rossignol, ardemment je t'écoute ;
Je m'approche en tremblant des arbres de la route :

Et j'invoque ma fée au rire gracieux.
Hélas! hélas! ce n'est pas elle;
Ta voix, doux rossignol, est amoureuse et belle,
Mais tu n'as pas ses grands yeux bleus.

2 avril 1855.

## LIX.

## AMOUR.

Oh! je t'aime, ma bien-aimée,
Je t'aime, mon ange aux doux yeux,
Comme on aime l'aube enflammée,
Comme l'églantine embaumée,
Comme l'air sauvage des cieux!

Je t'aime, moi, comme l'eau chante,
Comme l'arbre tressaille au vent,
Comme un orage se lamente;
Je t'aime, ma beauté charmante,
Comme on vit quand on est vivant.

Je voudrais, âme de mon âme,
Poser ma tête dans tes bras;
Je voudrais de tes yeux en flamme
Savourer l'enivrant dictame,
Sous les fleurs des acacias.

Mais surtout je voudrais pour couche
Des pieux de fer rouge perçant,
Je voudrais un bourreau farouche,
Puis, mourant, je voudrais ta bouche
Sur ma bouche tout en sang.


Oh ! si jamais tous deux, par une nuit splendide,
Le destin nous livrait au caprice limpide
       D'un lac d'azur bien doux ;
Si jamais, au milieu des ténèbres profondes,
Nous bravions tous les deux, emportés par ses ondes,
       L'Océan en courroux ;


Si tous deux nous errions dans ces steppes brûlantes,
Où l'on entend, la nuit, les haleines sanglantes
       Du chacal affamé ;
Ou dans ces glaciers verts, aux immenses crevasses,
Où l'œil, de tous côtés s'égarant dans les glaces,
       Croit l'univers fermé ;


Si, comme les vautours et les aigles sauvages,
Qui peuvent se cacher dans le sein des nuages,
       Loin des regards jaloux,
Si nous aussi, fuyant de ce monde où nous sommes,
Nous pouvions, séparés de la foule des hommes,
       Vivre seuls avec nous ;

Contempler les grandeurs de la sainte nature,
Écouter ce qu'à Dieu l'immensité murmure,
   Nous enivrer d'amour :
Pour un pareil bonheur je donnerais ma vie,
Dût-il, ô mon idole, à notre âme ravie
   Ne durer qu'un seul jour !


Car cet amour, c'est tout ; cher ange que j'adore,
Tu le sais, il est rare, et le vulgaire ignore
   Ce que c'est que d'aimer ;
A certains sons de voix, sous un regard de flamme,
Le vulgaire jamais n'a senti dans son âme
   Une autre âme germer.


Nous autres, aimons-nous : tout finit par la tombe ;
Hélas ! la vie est courte ; ô ma douce colombe,
   Il faut s'aimer beaucoup ;
Il est des lieux que seul à bon droit on redoute ;
Mais, lorsque l'on est deux, et que l'on chante en route,
   On peut passer partout.


La vie a ses douleurs, que nulle âme n'évite ;
Nous rêvons ; mais le jour devant lui chasse vite
   Les songes de la nuit ;
Et la réalité, monstre affreux à l'œil cave,
Nous apparaît alors, fait la grimace, et brave
   Le dégoût qui la suit.

Aussi, dès qu'elle part, la jeunesse dorée,
Dès qu'on sent devant soi, ma colombe adorée,
          Se fermer l'avenir,
Quand aux plaisirs charmants succède la souffrance,
Quand la tête blanchit, quand la verte espérance
          Fait place au souvenir,


L'homme rentre en lui-même, et repasse sa vie ;
Voyageur, de sa porte, à la route suivie
          Il dit un long adieu ;
Crois-tu qu'il aime encor son avarice impure,
Le gain, l'ambition, la gloire ? Je t'assure
          Qu'il y songe fort peu.


Il se rappelle alors son enfance éphémère,
Ses premiers sentiments, ses premiers jeux, sa mère,
          Car sa mère l'aimait ;
Il se rappelle aussi les collines ombreuses,
Et les ruisseaux, tout pleins de voix mystérieuses,
          Dont le bruit le charmait.


De ses chères amours la mémoire divine
Fait surtout d'un doux feu palpiter sa poitrine ;
          C'est là tout son bonheur ;
Il n'oubliera jamais les yeux ardents de flamme
Ni le premier baiser de la première femme
          Qui lui donna son cœur.

L'amour, c'est tout ; aussi, ma belle enchanteresse,
Il faut bien nous aimer ! Vive la douce ivresse,
     Et les charmants aveux !
Aimons-nous, aimons-nous d'une tendresse folle !
Il faut rire du temps, qui sur nos têtes vole,
     Et le prendre aux cheveux !


Je t'aimerai si bien, tant soit peu que tu m'aimes !
Viens, mon ange aux yeux bleus, chasse les soucis blêmes,
     Mets ton bras sous mon bras.
Mais la fatalité des beaux projets se venge :
Moi, je t'aimerai trop ; j'en suis certain, mon ange.
     Tu ne m'aimeras pas.

27 avril 1855.

## LX.

## A UNE COLOMBE PEUREUSE.

Reviens, douce colombe au gracieux plumage ;
Reviens, charmant oiseau, dont j'aime le ramage :
L'Océan n'a-t-il pas son flux et son reflux ?
Reviens, ô ma colombe, et ne t'envole plus.
Je prendrai dans mes mains ton front brûlant de fièvre ;
Je t'aimerai beaucoup ; j'essuierai de ma lèvre,
Avec de doux baisers, tes beaux yeux pleins de pleurs :
Mai, qui rit dans les champs, doit rire dans nos cœurs ;
Viens. Tu sais que, l'été, souvent l'orage gronde :
Le tonnerre un instant roule sa voix profonde ;
Puis le soleil reprend son royaume d'azur ;
Et le gazon plus vert sourit au ciel plus pur.
Des vilaines forêts où tu t'étais cachée,
O peureuse, qu'une ombre avait effarouchée,
J'ai reconnu ta voix ; tes regrets m'ont ému ;
Et bien vite, cher ange, à toi je suis venu ;
J'attendais de ton cœur ce retour qui m'enchante ;
Moi, je n'ai jamais cru ma colombe méchante ;
Allons, viens rire encor sous les chênes touffus ;
Reviens, mon bel oiseau, mais ne t'envole plus.

3 mai 1855.

## LXI.

## LE COMBAT.

J'ai dit à la douleur : Tes colères sont vaines ;
J'ai du courage à l'âme et du sang dans les veines ;
En vain ton œil jaloux menacera mon cœur ;
Ne crois pas que mon cœur devant ta face tremble ;
Tu viens à moi, c'est bien : nous lutterons ensemble ;
      On verra qui sera vainqueur.

Je sais de tes grands coups les cruelles puissances ;
Car nous sommes tous deux de vieilles connaissances ;
Je vois encor ton bras, au sortir du berceau,
M'emporter, effrayé des sourcils que tu fronces,
Et sur mon jeune front, déchiré dans les ronces,
      Ta main dure graver ton sceau.

J'ai depuis lors aimé la solitude immense,
Les rochers que des flots agite la démence,
La lune en deuil glissant dans un ciel nuageux,
Et les bois, où, la nuit, se disputent les ombres,
Quand le vent des hivers y mêle ses cris sombres
      Aux cris des torrents orageux.

A l'âge où, quand il dort, un enfant voit les anges,
A moi, tu m'envoyais des visions étranges ;
Tu jetais sur mon dos ton infernal linceul ;
Tu me frappais les flancs ; et moi, bien jeune encore,
Je m'en allais, suivant la rivière sonore,
　　　　Les yeux en pleurs, sauvage et seul.


Je n'ai pas fait un pas sans te voir sur ma route ;
Mais il n'est rien aussi qu'à présent je redoute ;
L'arbrisseau devient chêne et brave les autans.
Va trouver des mortels, dont sous toi le front rampe ;
Mais ne t'adresse pas aux hommes de ma trempe,
　　　　Car, bien sûr, tu perdras ton temps.


La douleur, en riant, sur son cheval s'élance,
Fond sur moi, brandissant de loin sa grande lance ;
　　　　Mais j'avais un bon bouclier.
La jeunesse au cœur fier me l'avait elle-même
Enrichi d'une force et d'un charme suprême ;
Le choc impétueux ne put pas le plier.


A mon tour je partis ; la guerrière chagrine
Vit un flot de sang noir couler de sa poitrine ;
　　　　Elle joua des éperons.
Et, tout en s'enfuyant, elle tournait la tête ;
Sa voix retentissait ainsi qu'une tempête ;
Et l'écho répétait : « Nous nous retrouverons ! »

　　　　　　　　　　　　8 mai 1855.

## LXII.

## SUR LE DOUTE.

Il est des maux cruels ; mais le fléau des cœurs,
C'est le doute ; escorté de sourires moqueurs,
Il s'avance, et, fertile en tortures infâmes,
Sa bouche dit des mots qui dessèchent les âmes ;
La croyance, l'amour, deviennent des remords ;
On s'irrite, on blasphême, on sent que mille morts,
Mille damnations dans des torrents de soufre,
Seraient des jeux d'enfant auprès de ce qu'on souffre.
Anges, à qui le ciel a donné mission
D'éteindre les douleurs dans la compassion,
Vos cœurs le savent bien, un regard peut suffire
Pour convertir en joie un odieux martyre ;
C'est un devoir sacré pour la femme ici-bas,
De changer toute épine en rose sous ses pas ;
Dès que le souffle impur des passions banales
Souffle dans nos esprits ses ombres infernales,
C'est à vous de venir, toutes pleines d'amour :
Car nous sommes la nuit, et vous êtes le jour.

12 mai 1855.

LXIII.


## LA NOUVELLE LUNE.


En amoureux modèle,
L'œil sombre et soucieux,
Je rêvais à ma belle,
Et regardais les cieux.

Soudain, mince et charmante,
Baissant à l'horizon,
Je vis luire l'amante
Du bel Endymion.

Mille petits nuages,
Vaporeux, dentelés,
Erraient dans ses parages
Avec des airs follets.

La lune, insouciante
Comme un enfant qui dort,
Passait, fraîche et riante,
Dans sa nacelle d'or,

Plus loin, au-dessus d'elle,
L'éclatant Jupiter
Jouait de la prunelle,
En don Juan de l'air,

Vaniteux comme un homme,
Posait, se rengorgeait,
Et paraissait, en somme,
Un dieu très-satisfait.

Phébé, comme une morte,
Fermait ses petits yeux,
Et disait : « De la sorte,
Il me verra bien mieux. »

De son rêve champêtre
Interrompant le cours,
J'ouvris une fenêtre,
Et lui tins ce discours :

Près de toi, fleur royale
Du grand firmament bleu,
Sirius est bien pâle,
Et Vénus brille peu.

J'ai toujours, ma chérie,
En ce monde changeant,
Avec idolâtrie
Aimé ton front d'argent.

Même dans ta vieillesse,
Je ne te quitte pas ;
On garde sa maîtresse
Moins longtemps ici-bas.

Chère lune nouvelle,
J'implore ton secours ;
On doit, quand on est belle,
Protéger les amours ;

On doit, quand on est jeune,
Aimer les cœurs ardents ;
On fait toujours trop jeûne
Quand on n'a plus ses dents.

Sois bientôt pleine lune ;
Brille à l'œil enchanté ;
Réjouis la nuit brune
De toute ta clarté.

Car, ce soir-là, ma belle,
Si le destin m'est doux,
Je serai près de celle
Que je préfère à tous

Tu serais bien aimable
De venir mollement
D'un rayon charitable
Dorer son front charmant,

Et de nous faire entendre
Un chant de rossignol,
Mais surtout de suspendre,
De suspendre ton vol ;

Car tu sais que les heures
Passent vite en amour ;
Tu sais combien tu pleures
En maudissant le jour,

Dès que l'aube alarmante
Te chasse à l'horizon,
Mystérieuse amante
Du bel Endymion !

17 mai 1855.

## LXIV.

## A ELLE.

Tu me poursuis partout. J'ai beau livrer ma tête
A l'onde qui ruisselle, aux vents de la tempête :
Ton souvenir me brûle ; et je vois nuit et jour
Ton visage charmant, étincelant d'amour.

22 mai 1855.

## LXV.


## DES BORDS DE LA MER.


Ne te pouvant plus voir, toi, mes chères amours,
Le cœur navré, j'ai fui ; les bruyants carrefours,
Je t'assure, sans toi me paraissaient bien vides.
Maintenant me voici sur les plages arides ;
Et le sombre Océan, au murmure divin,
Berce de ses longs cris mes tristesses sans fin.
Il semble que ce bruit, qui n'est pas de ce monde,
Soit un ami, dont l'âme à notre âme réponde,
Et que l'éternité de ce gémissement
Porte à nos maux d'un jour quelque soulagement.
La nuit sur les flots verts jetant sa grande brume
Je regardais au loin étinceler l'écume :
Je regardais toujours, croyant toujours te voir
Arriver du côté de l'étoile du soir ;
Et j'étais prêt à dire, avec le vieil Homère,
La déesse d'amour fille de l'onde amère.

12 juin 1855

## LXVI.


## DU FOND DES BOIS.


Oh ! je t'aime ; mon cœur maudit le sort barbare
Qui depuis si longtemps, cher ange, nous sépare ;
Je t'appelle à grands cris, et je te tends les bras ;
Car toi, pour moi c'est tout ; sans toi, je ne vis pas ;
Sans toi, je suis un corps séparé de son âme,
Un arbre sans feuillage, une étoile sans flamme.
Je ne pense qu'à toi ; je t'appelle le jour,
Je te rêve la nuit, car je t'aime d'amour,
Je t'aime follement ; si j'étais hirondelle,
Je volerais à toi ; je te trouve plus belle
Que la plus belle aurore et les plus belles fleurs ;
Plus belle que les champs sous la rosée en pleurs ;
Plus belle qu'un beau jour ; plus belle que l'étoile
Dont j'aperçois, tandis que le soleil se voile,
Blanchir dans le ciel bleu la tremblante clarté.
 Juand tu  enches sur moi ton grand œil velouté,
Il me semble qu'un dieu de sa flamme me touche ;
Je frissonne, et la voix expire sur ma bouche.

Oh ! du fond des forêts, mon Dieu, par ce beau soir,
O mon ange adoré, si je pouvais te voir !
L'air est plein de parfums, de chants d'oiseaux, d'ivresse :
Moi, je suis malheureux ; au vent qui me caresse
Je répète pour toi mille choses tout bas ;
Je te les redirai, lorsque tu reviendras.

29 juin 1855

## LXVII.

## A LA MORT.

O mort, le malheureux te désire et t'appelle.
Bonne consolatrice, et compagne fidèle,
Toi seule, mets un terme aux navrantes douleurs
Qu'à chaque instant la vie amasse dans nos cœurs ;
Toi seule, de nos cœurs tu peux combler le vide,
En les pétrifiant sous ton regard livide ;
Toi du moins, pour toujours tu nous prends dans tes bras,
Et tes baisers sanglants au moins ne mentent pas.
Viens donc ; allons, allons, contente mon envie ;
Je ne m'entends pas bien avec ta sœur la vie ;
Quoi qu'en disent les sots et les vieillards peureux,
Moi, je te crois encor la meilleure des deux.
Viens donc ; dans le tombeau nous serons bien ensemble ;
Viens ; le monde sépare et le tombeau rassemble.
Oui, le bonheur est là ; puis-je attendre le temps ?
Je n'ai, pour mon malheur, pas encore vingt ans !

20 juillet 1855.

## LXVIII.

## LE RETOUR.

Quand la blanche maison baisse, et cache à ma vue
Son ardoise, qui fuit, dans les arbres perdue,
Quand il me faut, l'œil morne et le pas incertain,
A travers les blés mûrs me frayer un chemin,
Et ne plus respirer cet air que tu respires,
Cher ange, dont mon cœur implore les sourires,
Le ciel seul peut savoir quel désespoir amer
Déchire ma poitrine avec ses dents de fer ;
Un poids épouvantable opprime tout mon être :
Et des sanglots hâtés, dont je ne suis pas maître,
S'échappent de mon cœur et rougissent mes yeux,
Je m'en vais par les bois, où, seule sous les cieux,
La blanche tourterelle, oiseau plein de tendresses,
De l'amour en chantant prodigue les caresses.
Charmants oiseaux des bois, que vous êtes heureux !
Comme vous faites, vous, de l'égoïsme à deux !
Comme vous vous aimez ! Comme vos ailes blanches
Frémissent mollement sous le rideau des branches !

26 juillet 1855.

## LXIX.

## L'ATTENTE.

Passez, heures, passez ; heures, passez bien vite.
Horloge, en ses lenteurs, ton aiguille m'irrite ;
J'ai beau de mes regards épier tous ses pas,
La cruelle qu'elle est, elle n'avance pas !
Hélas ! quand viendra donc cette heureuse soirée,
Où je pourrai te voir, ma colombe adorée,
Et, dans tes bras chéris, sous l'ombrage désert,
Oublier un instant tout ce que j'ai souffert !
Ah ! comme mon cœur brûle, et savoure d'avance
Les doux ravissements que promet l'espérance !
Il faut rendre jaloux les échos d'alentour,
Et dans de longs baisers nous enivrer d'amour !
Je t'aime plus que tout, ma belle enchanteresse ;
A toi toute ma vie, et toute ma tendresse ;
A toi tous mes désirs ; à toi tout mon bonheur ;
A toi l'enchantement et le feu de mon cœur !
Vénus, des doux larcins bienveillante complice,
Astre cher aux amants, Vénus, sois-nous propice.

La lune se fait vieille, elle se lève tard ;
Toi, Vénus, guide-nous, et, loin de tout regard,
Jette dans nos esprits tes ardeurs amoureuses ;
C'est alors que je veux des heures paresseuses !

2 août 1855.

## LXX.


## DÉSENCHANTEMENT.


Le courage me manque ; et je laisse le livre.
Le sang brûle, à vingt ans ; on a besoin de vivre ;
Le cœur en feu bondit, et crie à tout moment
Qu'il a besoin d'aimer quelque chose d'aimant.
Eh bien, non ; tout me fuit, me quitte, m'abandonne !
Le bonheur m'apparaît ; vite je m'y cramponne ;
Je m'attache à ses pas, je le touche, j'y tiens ;
Il m'échappe, et me raille ; et seul je m'en reviens.
Et pourtant qu'ai-je fait ? quelle faute, quel crime ?
Pour qu'un nouveau malheur à chaque instant m'opprime,
Pour qu'avant de jouir je sois désabusé,
Pour voir partout mon cœur anéanti, brisé !
Enfin, que me veux-tu, fatalité maudite ?
Pourquoi t'acharnes-tu sans cesse à ma poursuite ?
Mais je ne te fuis pas ; viens une bonne fois ;
Prends mon cœur tout saignant, brise-le dans tes doigts ;
Foule aux pieds mon cadavre, emporte-le, déchire
Ses lambeaux palpitants, aux éclats de ton rire ;
Moi, je ne suis qu'un homme, et ne peux supporter
Les orages sanglants que tu fais éclater !

Pourtant j'étais heureux, ou du moins l'espérance,
Son drapeau vert en main, allégeait ma souffrance ;
Je me laissais aller à ces rêves charmants
Que tous les hommes font, étant encore enfants ;
Je croyais à l'amour, et je donnais mon âme ;
Je remettais mon sort dans les mains d'une femme ;
Et je me laissais prendre à ces mots enchanteurs,
Qui passent par la lèvre et jamais par les cœurs.
Je l'adorais ; j'étais assez simple pour croire
A tout ce vain fatras, amer et dérisoire,
A ces serments d'amour véritable, éternel.
Que la femme débite en regardant le ciel ;
Et je ne savais pas, ou plutôt ma tendresse
Me versait de l'oubli la confiante ivresse,
Et je ne songeais plus qu'en ce monde trompeur,
L'apparence toujours au vrai sage fait peur,
Et qu'hélas ! la beauté, qui de l'amour se joue,
Se met du fard au cœur ainsi que sur la joue.
Bien d'autres à ma place auraient été trompés ;
Ses baisers, ses serments de pleurs entrecoupés,
Et sa beauté si franche, et ses regards limpides,
Auraient pu fasciner des esprits plus timides.
Cruelle, tu me fais des jours bien malheureux !
Le meilleur de moi-même, à ces tourments affreux,
Disparaît pour toujours de mon âme blessée,
Comme par le grand vent une feuille chassée.

23 août 1855.

## LXXI.

## QUOI SANS VOUS ?

« Ami ne crois-tu pas à l'immortalité ? »
Me disais-tu. J'y crois, ô ma douce beauté ;
Pour te donner l'amour qui dans mon cœur repose,
Toute l'éternité sera bien peu de chose.

14 octobre 1855.

## LXXII.

## BONHEUR.

Tandis que, l'autre jour, l'un sur l'autre penchés,
Nous relisions mes vers dans les pleurs ébauchés,
Tu me dis tout à coup, en souriant, vilaine :
« Tes vers sont bien meilleurs, quand ton âme est en peine. »
Mon doux ange, sans doute ; ici-bas le malheur,
Tyran, étend partout son royaume d'horreur ;
Mais c'est un roi terrestre, et la lutte est possible ;
Il trouve sous ses coups plus d'une âme invincible ;
Le courage pourtant descend parfois bien bas ;
Mais, avant de céder, dans les derniers combats,
L'homme ne dément pas sa céleste origine ;
Des sanglots déchirants sortent de sa poitrine ;
Et, quand le désespoir va prendre son essor,
L'âme peut se répandre et peut lutter encor.
Le bonheur, au contraire, est un trésor céleste ;
Et l'homme, habitué dans ce monde funeste,
Se sent pauvre et petit devant un sentiment
Qui fait bondir le cœur hors de son élément ;

Le cœur alors déborde, et vers le ciel s'envole ;
Mais comment ici-bas trouver une parole ?
Parle-t-on ici-bas le langage des cieux ?
Si donc je chante mal, mon ange gracieux,
C'est que je suis heureux ; et mon âme s'étonne
Du bonheur infini que ton amour lui donne.

12 décembre 1855.

## LXXIII.

## A UNE FÉE.

Belle fée aux yeux bleus, je ne pense qu'à toi :
Ces deux jours sans te voir sont deux siècles pour moi,
Deux longs siècles d'ennui, de craintes et d'attente.
Un regard de tes yeux fait mon âme contente ;
Et je n'existe plus, si je ne te vois plus.
Comme les autres soins paraissent superflus,
Et font pitié, quand l'âme est remplie et pressée
Par une sérieuse et profonde pensée !
Quand du haut de l'amour on baisse les regards,
Comme il semble désert et froid de toutes parts,
Ce chemin de la vie, où se traînent dans l'ombre
Les vices ignorés et les crimes sans nombre !
Ne souillons pas nos yeux à toutes ces noirceurs ;
Des sentiers embaumés savourons les douceurs :
Ma gracieuse fée, aimons les frais ombrages ;
Respirons les airs purs des collines sauvages,
L'odeur du flot marin, qui nous parle d'espoir,
Et le parfum des fleurs, qui s'échappe le soir.
Soyons grands, soyons purs, ayons l'âme sans voiles ;
Soyons comme un ciel bleu, plein de blanches étoiles,
Qu'une aube de printemps, ou qu'une nuit d'été,
Remplit d'amour, d'ivresse et de limpidité.

14 février 1856.

## LXXIV.

## APRÈS.

O mes coteaux, couverts de pâquerettes blanches,
Rivière au doux murmure, arbres aux vieilles branches,
Prés verts, vents embaumés, rossignols des forêts,
Je vous avais bien dit qu'ici j'amènerais
Une fée aux yeux bleus, qui serait votre reine;
Je vous l'avais promise, eh bien, je vous l'amène.
N'est-ce pas, qu'elle est belle et qu'elle est douce à voir?
N'est-ce pas, ô printemps, que l'étoile du soir,
En la voyant passer au bas de la colline,
Le front pur, les cheveux couronnés d'aubépine,
L'œil brillant d'un amour que bénit le destin,
Pourrait bien envier l'étoile du matin?

20 mai 1856.

## LXXV

## A BOILEAU.

A Boileau, le vieux maître à la rude franchise !
Esprit fier, âme pure et de raison éprise,
Il combattit toujours, sans avoir peur jamais.
A Boileau, le premier qui sut parler français !

28 juin 1857.

## LXXVI.

## A VÉNUS.

Les anciens t'adoraient, et maintenant encor
Tu nous charmes, bel astre à la lumière d'or ;
Surtout lorsqu'au printemps, à travers quelque ombrage,
On te voit, le matin, briller d'un feu sauvage,
Effaçant, dans un ciel plein de sérénité,
Le croissant de la lune à l'éclat argenté.

2 décembre 1857.

# LXXVII.

## LE VENT D'HIVER.

La nuit, lorsque tout dort, quand tout se tait dans l'air,
J'écoute avec bonheur souffler le vent d'hiver;
Je songe à ceux que j'aime; et mon cœur se figure
Qu'il comprend quelque chose à ce vague murmure,
Que ce sont des cœurs chers qui me parlent ainsi,
Quelque objet qui me pleure, et que je pleure aussi.
Je me rappelle alors le temps de mon enfance;
Mes parents, dont j'étais la joie et l'espérance;
Mes jeunes amitiés et mes jeunes penchants;
Mon amour instinctif pour les vers et les champs;
Le toit qui m'a vu naître, et la tour byzantine
Dont les cloches charmaient mon oreille enfantine.

janvier 1858.

# TABLE.

## LES BUCOLIQUES DE VIRGILE.

## IDYLLES DE THÉOCRITE.

## POÉSIES DE SAPHO.

## LES MESSÉNIQUES DE TYRTÉE.

## PIÈCES DIVERSES.

## LES IDÉALES.

FIN.

Paris. — Imp. de Dubuisson et Cⁱᵉ, rue Coq-Héron, 5

PARIS. — IMPRIMERIE DE DUBUISSON ET C?, RUE COQ-HÉRON, 5.

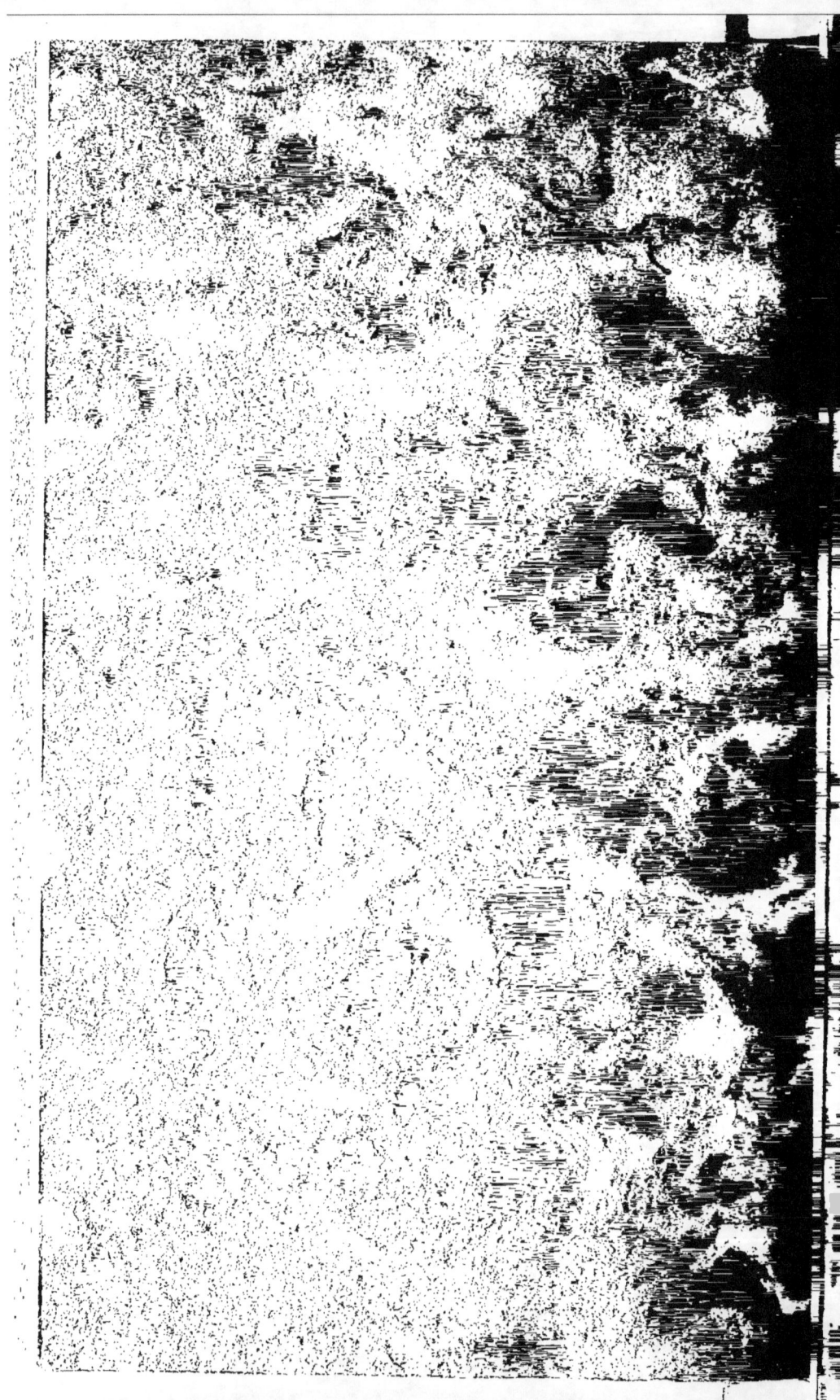

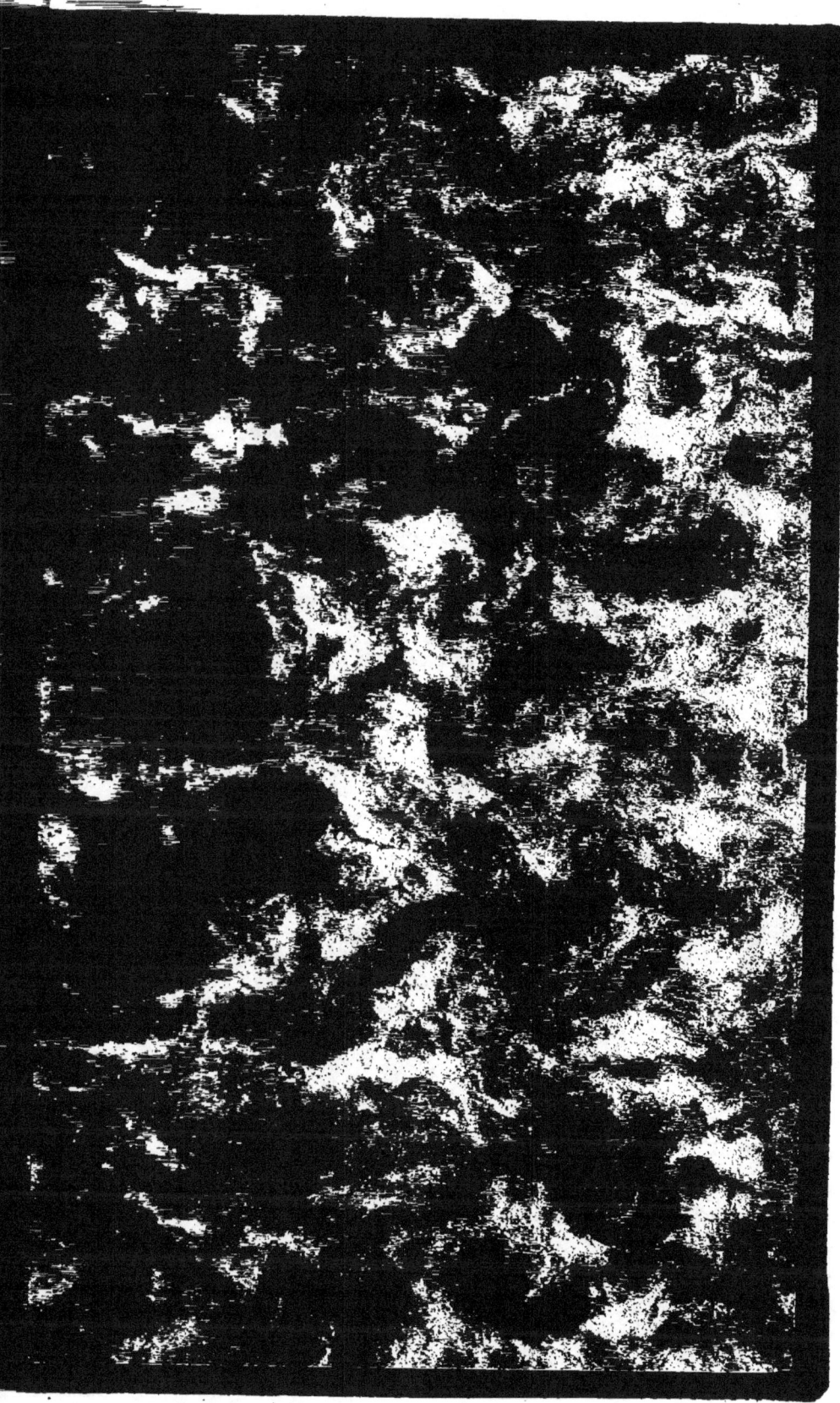

BIBLIOTHEQUE NATIONALE DE FRANCE

3 7531 00629289 1

www.ingramcontent.com/pod-product-compliance
Lightning Source LLC
Chambersburg PA
CBHW050318030726
47505CB00003B/759